I0649930

LES

QUATRE PEURS

DE

NOTRE GÉNÉRAL

P.-J. STAHL

LES QUATRE PEURS

DE

NOTRE GÉNÉRAL

SOUVENIRS D'ENFANCE ET DE JEUNESSE

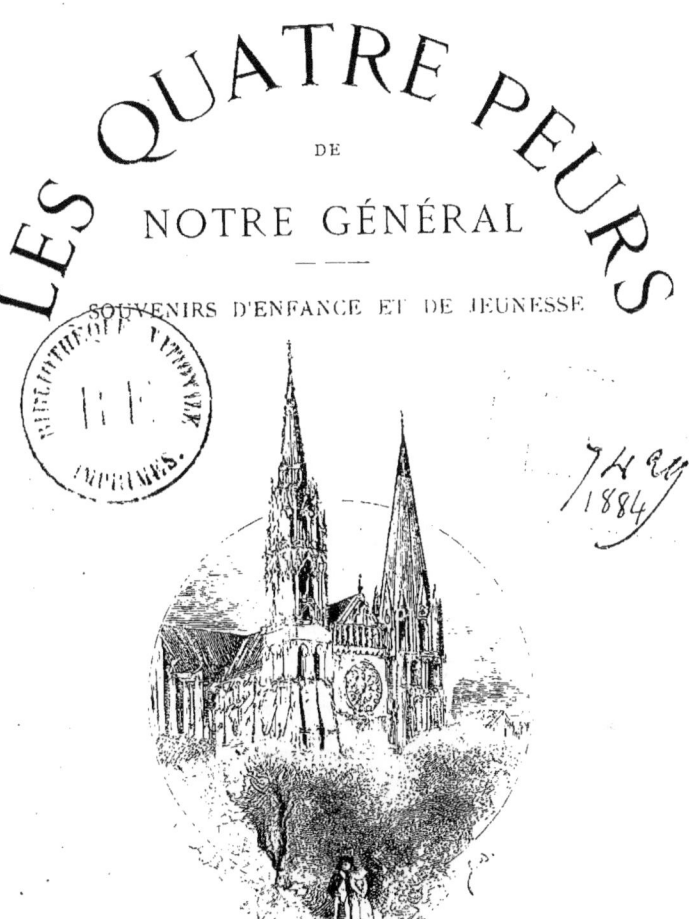

DESSINS PAR ÉMILE BAYARD

GRAVURES DE A. BELLENGER

BIBLIOTHÈQUE

D'ÉDUCATION ET DE RÉCRÉATION

J. HÉTZEL ET Cie, 18, RUE JACOB

PARIS

OEUVRES

DE

P.-J. STAHL

ENFANCE ET JEUNESSE

Les Quatre Peurs de notre Général.
Contes et Récits de morale familière (*couronné*).
Les Histoires de mon Parrain (*couronné*).
Histoire d'un Ane et de deux jeunes Filles (*couronné*).
Maroussia (*couronné*), d'après Marko Wovzog.
Les Patins d'argent (*couronné*), d'après Mapes Dodge.
Les Quatre Filles du Dr Marsch, d'après Alcott.
100 Albums *STAHL*

POUR L'AGE MUR

Les Bonnes Fortunes parisiennes :
— Les Amours d'un Pierrot. 1 vol.
— Les Amours d'un Notaire. 1 vol.
Histoire d'un Homme enrhumé. } 1 vol.
Voyage d'un Étudiant. }
L'Esprit des Femmes et les Femmes d'Esprit. } 1 vol.
Théorie de l'Amour et de la Jalousie. }
Histoire d'un Prince et d'une Princesse. } 1 vol.
Voyage ou il vous plaira (de Musset et Stahl). }
Animaux peints par eux-mêmes. } Nombreux articles.
Diable a Paris. }

PREMIER RÉCIT

LES QUATRE PEURS

DE

NOTRE GÉNÉRAL

(SOUVENIRS D'ENFANCE ET DE JEUNESSE)

PREMIER RÉCIT

I

Ceci se passait le soir, sur un de ces points de l'Algérie où nous avons eu tant et si souvent et si longtemps à batailler depuis la conquête. Nous étions campés ou plutôt nous bivaquions dans une

jolie vallée, au pied d'une montagne, qui, toute pittoresque qu'elle était, ne nous disait rien de bon.

Notre jeune général nous avait réunis autour de
sa tente. Il venait de nous donner, avec sa clarté
habituelle, ses instructions pour l'action qui s'ap-
prêtait, et qui pouvait demander, à nos hommes et
à nous-mêmes, de grands efforts. Il s'agissait de se
mettre très silencieusement en route avant l'aube,
d'escalader sans bruit la montagne et de forcer, à
l'arme blanche, si c'était possible, à coups de fusil,
s'il le fallait, l'ennemi qui occupait le plateau à nous
céder la position gênante pour nous qu'il prétendait
garder. Tout étant bien entendu et personne n'ayant
encore envie de se coucher, on s'était mis à causer;
la conversation avait tourné aux souvenirs, non pas
aux souvenirs récents, mais aux souvenirs d'enfance.
Ceci n'étonnera aucun de ceux qui savent ce qui
peut se passer dans la tête d'un soldat la veille d'une
affaire. Les mots : devoir, cas de conscience, peur
et courage, avaient été les derniers prononcés. Des
anecdotes, des histoires, avaient été racontées à
l'appui des idées très variées et souvent contradictoires qu'évoquait chacun de ces mots. Nous en
étions aux récits personnels. Le général, qui nous

avait écoutés jusque-là, se contentant de dire son
mot à l'occasion, toujours marqué au coin de ce
juste jugement des choses qui le distinguait quand
il s'agissait d'arrêter à temps un paradoxe, le général, pressé par nous de nous raconter quelque
chose à son tour, prit la parole :

« Il ne s'agit pas seulement, aux heures criti-
ques de l'existence, nous dit-il, d'avoir le ferme
propos de bien faire son devoir : il faut avant tout
le bien connaître et savoir où il est. S'il est des
cas douteux, embarrassants pour l'intelligence de
l'homme fait, à plus forte raison en est-il pour l'intelligence non encore formée de l'enfant. C'est un
sujet digne entre tous de l'observation de l'âge
mûr que ce qui peut agiter à de certains moments
l'esprit d'un bambin, et m'est avis qu'un des plus
sûrs moyens de connaître l'homme, ce serait de
l'étudier dans l'enfant. L'enfant contient *tout*
l'homme. Pour se mouvoir dans un cercle enfantin,
son âme n'en est pas moins une âme déjà très
humaine. Deux faits, de nature bien différente
cependant, m'ont, encore qu'ils remontent à mes
premières années, laissé le souvenir des pires per-
plexités qui aient assailli mon esprit à aucune épo-

que de ma vie. Jamais ma conscience de soldat n'a
été soumise à de plus cruelles épreuves que ma
conscience de petit garçon dans les deux circonstances dont ce qui vient de se dire me rappelle le
souvenir.

« Fumez mes cigares et faites-vous des grogs.
Je vais vous dire l'un de ces épisodes de mon tout
premier âge. Après quoi, nous irons faire un somme.

I I

« J'étais un bien petit bonhomme, j'avais six ans ;
il n'y avait guère plus de deux ans que j'étais en
culotte. Mon père, capitaine de vaisseau à cette
époque, étant presque toujours en mer, j'avais été
élevé par deux femmes, ma mère et ma tante, tante
Marie ! Je les chérissais également. J'avais, de fait,
deux mamans. Bien qu'elles fussent des personnes
de sens, elles me gâtaient toutes les deux.

« — On ne peut gâter que ce qui est mauvais,
disait tante Marie.

« — Et Jacques est bon, » ajoutait ma mère.

« Il paraît qu'à cinq ans j'étais supportable en
effet.

« Je suis changé, n'est-ce pas ? dit le général,
interrompant un instant son récit et s'adressant à

l'un de nous qu'il venait de rudoyer un peu. Que voulez-vous, mon pauvre Robert, la vie ne laisse pas intacts tous ceux qu'elle touche...

— Dites toujours, mon général, répondit le jeune officier, un peu fou parfois, mais brave garçon, qui était interpellé ; si vous êtes changé, nous savons bien que c'est presque toujours à notre avantage. »

Le général lui tendit la main et reprit :

« Si je n'avais jamais quitté mes deux mères, il est à croire que je serais encore doux comme une fille. Toujours est-il que, bon ou mauvais, entre ces deux créatures d'élite, j'étais le plus heureux des petits êtres de la création, et que j'avais, chose peut-être assez rare, le sentiment de mon bonheur. Ma tante, qui a eu son rôle plus que ma mère dans le récit que je vous fais, était une grande et admirablement belle personne. Ma mère seule était aussi belle qu'elle, et cela par une raison bien simple, elles étaient jumelles et se ressemblaient à s'y tromper. Heureusement, le costume différait du tout au tout et m'empêchait de m'y méprendre : ma mère était du monde et tante Marie n'en était pas. Tante Marie était supérieure des sœurs de

Charité d'un grand hôpital militaire dans la ville de ***, où j'étais né. Nous demeurions dans cette ville pendant les absences bien longues, hélas! de mon père. Maman et sa sœur, que j'appelais souvent tante sœur Marie, se partageaient donc tout mon cœur. C'était une fête dont je ne me lassais pas quand ma mère me conduisait voir tante Marie. La fête avait beau avoir pour cadre les murs d'un hôpital, le temps passé à l'hôpital était toujours désiré par moi, et celui de tous que j'attendais avec le plus d'impatience.

« Courir dans la vaste et longue cour où les malades parvenus à convalescence se promenaient ou se reposaient au soleil, m'ébattre dans cette immensité qui était mon carrousel et mon champ de Mars, être pris au passage, attrapé au vol dans les courses folles que j'y exécutais, soit par un des troupiers convalescents que mes jeux amusaient, soit par une des sœurs de tante Marie, et surtout par tante Marie elle-même alors que, me voyant trop échauffé, elle quittait son cabinet, qui était aussi sa pharmacie, pour venir me calmer et m'embrasser, galoper sur le terrain sablé de cette cour, à cheval sur la canne, sur la béquille d'une vieille sœur à demi impotente qui tricotait d'ordinaire sur un des bancs à l'usage des malades, c'était pour moi la joie des joies.

« Le jour dont je veux parler, un brillant jour d'été, j'avais obtenu que je pourrais jouer dans ma chère cour pendant toute une heure. Ma mère avait à faire dans la ville une visite qui eût été ennuyeuse pour moi ; elle m'avait confié à sa sœur, et tante Marie, de sa fenêtre ouverte, ne devait pas me perdre de vue. J'étais, en outre, recommandé à la surveillance spéciale de la pauvre vieille sœur Rose. Or, j'avais sa canne, sa béquille, sans laquelle elle ne pouvait faire un pas. On le voit, j'étais bien gardé.

« Tante Marie, remontée chez elle, s'était, de sa fenêtre, aperçue qu'une porte du grand bâtiment, à l'extrémité de la cour, une porte à deux battants, et que j'avais toujours vue fermée, était ouverte ; elle avait fait venir un infirmier pour lui recommander de la fermer ; mais, sur sa réponse, elle avait jugé sans doute que cela n'était pas possible, car la porte était restée ouverte, et tout de suite tante Marie, m'ayant appelé, m'avait dit :

« — Tu vois bien cette grande porte ouverte au fond de la cour, mon petit Jacques ?

APRÈS AVOIR FAIT NICHES SUR NICHES AUX MILITAIRES
QUI JOUAIENT A LA « DROGUE. »

« — Oui, tante Marie.

« — Eh bien ! c'est la porte d'une grande salle très sombre et très froide, où il est défendu, même aux grandes personnes, d'entrer. Il est écrit au-dessus qu'elle est *interdite au public !* Promets-moi, mon enfant, de n'y pas mettre le pied. »

« J'avais promis et avec l'intention de tenir, mais j'avais compté sans la fougue de la béquille de sœur Rose. Après avoir fait gambades sur gambades, exécuté des voltiges hardies autour de sœur Rose très émue, fait niches sur niches et mille agaceries aux militaires qui jouaient à la *drogue* et dont les pinces en bois posées sur le nez des perdants me faisaient toujours rire, j'étais, on le pense, très animé, très emporté ; mon cheval finit par m'enlever, et, au lieu de s'arrêter sur le seuil de la porte défendue, dont plus d'une fois déjà j'avais eu l'imprudence de trop m'approcher, il me mena ventre à terre jusqu'à l'extrémité de la salle sombre dans laquelle je ne devais pas mettre les pieds. J'étais si lancé que, sans m'en être douté, j'arrivai bride abattue sur le mur du fond. Je m'y cognai si rudement que cela me valut une bosse au front, et que, de plus, je fus désarçonné. Ma monture, la béquille de sœur Rose, surmenée par la violence de la course, tomba sans souffle, mais non sans fracas, à mes pieds. Le silence de cette salle me renvoya de ses quatre coins l'écho étonné de mon algarade. Inquiet de cette sonorité, je me retournai vivement. J'étais déjà impressionné par le sentiment de ma faute. J'avais eu bien tort de venir là... Mais le passage subit de la lumière à l'obscurité qui m'entourait, la fraîcheur glacée de cette salle succédant brusquement à la chaude atmosphère de la cour que j'avais laissée tout ensoleillée, ajoutaient à mon malaise; et le surplus n'était pas pour me rassurer. Une lugubre rangée de grands lits blancs tous pareils, entourés de longs rideaux d'un aspect sévère, et que je n'avais pas remarqués dans la rapidité de mon entrée, occupait à ma gauche toute la longueur de la salle. Pas un souffle derrière ces rideaux, les lits étaient donc vides; j'aurais mieux aimé n'être pas si seul dans ces ombres. Les volets étant clos, le jour s'arrêtait à quelques pas de la porte par laquelle j'avais fait irruption dans ce lieu redoutable, et ne pénétrait pas jusqu'à moi. Pendant un instant, je n'osai plus bouger, et pourtant je sentais bien qu'il fallait sortir au plus vite de cet endroit

défendu, m'avait dit ma tante, aux grandes personnes
elles-mêmes. Intimidé par tout et surtout par l'obscurité et le silence, qui ne sont pas les amis des
enfants, un silence qu'il fallait évidemment respecter, le bruit de ma respiration m'inquiétait ; j'enten-
dais, non sans effroi, les battements précipités de
mon cœur. Oubliant tout à la fois et sœur Rose et
mon cheval, j'entrepris de regagner la porte, et je
marchais d'instinct sur la pointe des pieds pour ne
rien éveiller dans ces ténèbres. Quand j'eus fait une
vingtaine de pas, entrecoupés de temps d'arrêt des-
tinés à me faire reprendre courage, voyant qu'après
tout je me rapprochais de la lumière, le sang-froid
me revint peu à peu, et je jetai autour et devant
moi quelques-uns de ces regards encore hésitants
de l'enfant qui voudrait bien, pendant qu'il y est,
profiter de l'occasion et reconnaître le terrain où il
s'est aventuré. Je me sentis particulièrement intri-
gué par la vue d'un grand banc noir qui, côtoyant
tout le mur de gauche près de la porte d'entrée,
tenait plus de place qu'un lit.

« Pourquoi ce banc, plus large et un peu plus bas
que les bancs de la cour, était-il, dans les deux tiers
de sa longueur, couvert d'un drap blanc ? Est-ce

que sous ce drap il se cachait quelque chose ? Cela
me faisait bien cet effet-là. J'étais, tout en m'adressant ces questions, arrivé aux trois quarts de ma
route ; un peu plus de la clarté du dehors venait
déjà jusqu'à moi. C'est un bienfait à tout âge que la
lumière, mais, pour l'enfant, c'est quelquefois comme
un remède à tous les maux. Moins inquiet de ce
qui pouvait m'arriver dans la salle même, je commençais à l'être davantage de ce qui se passerait
une fois que je serais sorti. Que penserait tante
Marie de ma désobéissance ? A vrai dire, je n'étais
plus si pressé de me retrouver dans la cour, et je
me dis qu'étant là, il ne m'en coûterait pas plus de
savoir pourquoi un drap blanc recouvrait ce grand
banc ; en quelques pas, je m'en rapprochai encore.
Décidément, ce n'était pas plat partout sur le banc.
Bien sûr, le drap cachait quelque chose ; mais quoi ?
La curiosité l'emporta, et, sans avoir la moindre
idée de ce que j'allais découvrir, je relevai d'un
geste étourdi tout un pan de ce drap.

« Ce qui apparut alors à mon regard stupéfait,
je ne l'oublierai jamais, puisque je le vois encore à
l'heure où je vous parle, comme si j'avais mes
six ans qui sont bien loin, comme si j'étais dans la

salle de l'hôpital de ***. — Oui, je le vois et le verrai toute ma vie.

« Je voyais « la mort ! un mort ! » pour la première fois.

« J'ai vu depuis d'autres morts, j'en ai vu à ne pas les compter ; celui-là est resté dans ma mémoire et entre tous.

« Ce que j'avais découvert, c'était la tête hérissée de cheveux blancs coupés en brosse, c'étaient les épaules et la poitrine nues d'un homme déjà vieux dont l'immobilité et l'extraordinaire pâleur me parurent terribles. Je sentis que j'étais là devant un fait considérable. Rien ne peut donner une idée de la stupeur qui, subitement, venait de m'envahir. Cent points d'interrogation confus s'entre-choquaient dans mon cerveau. L'homme a-t-il, dès ses premiers ans, l'intuition de ce qu'est la fin de sa destinée ici-bas ? Je le crois fermement. Toujours est-il que je ne m'arrêtai pas un seul moment à la pensée que j'avais devant moi un homme endormi ; je compris qu'il ne s'agissait pas là d'un simple sommeil, que l'on n'est pas si calme, si absent, quand on n'est qu'une personne qui dort. Mais alors, qu'est-ce que je voyais donc ?

que faisait là, sur ce banc, cet être impassible?

« Si j'appelais tante Marie? me dis-je. Tante Marie, qui sait tout, qui peut tout? Si..... (mais la pensée seule m'en parut formidable) si auparavant je le touchais, bien fort? et, en contradiction avec l'idée que j'avais que son sommeil n'était pas de ceux qu'on peut réveiller, je me disais encore : Il se lèverait peut-être. Il ne sait peut-être pas qu'il est là...

« J'osai mettre ma main sur son épaule.

« Je la retirai soudain. Ce genre de froid-là, c'était épouvantable.

« Une lueur funèbre se fit alors dans mon cerveau. La vérité des vérités pénétrait en moi. Ce doit être ainsi que sont ceux qui ne vivent plus. Mais alors... J'avais touché un mort!... Je lui avais manqué de respect... J'avais troublé ce qui ne doit jamais l'être !

« Mon cœur cessa de battre.

II

MON CŒUR CESSA DE BATTRE.

III

« Je m'imaginai que je venais de faire quelque
chose d'irréparable. Je cherchais un nom pour mon
action que je jugeais abominable. L'idée de sacrilège, un de ces mots redoutés dont les enfants ne
comprennent pas le sens, me vint à l'esprit, et je me
dis : « C'est cela. Je suis coupable d'un sacrilège ! »

« Une terreur insensée s'empara de moi, et,
dans mon effroi, au lieu de fuir par la porte qui
n'était plus qu'à quelques pas, je me réfugiai,
éperdu, dans les profondeurs mêmes de cette salle
que j'avais déjà eu tant de peine à quitter. Peut-
être espérais-je échapper plus sûrement dans l'ombre à cette vision, à cette révélation si inopinée
pour moi de la mort, qui, pour la première fois,
me frappait.

3

« Me voici de nouveau le visage collé contre le mur de fond de la salle *interdite à tout le monde*, respirant à peine, hors d'état de crier, n'osant plus me retourner. Je tombai à genoux, et, avec un flot de larmes, je demandai au bon Dieu pardon de la grande faute que je venais de commettre, le priant de m'inspirer le moyen de l'effacer. Dieu me pardonna-t-il ? C'est à croire, car je me relevai avec une idée bien arrêtée : le mal que j'avais fait, il dépendait de moi de le réparer. Mais c'était à faire tout de suite, sans retard et sans aide, tout seul, en un mot. J'avais découvert un mort, mon devoir était : 1° d'aller lui demander pardon ; 2° de le remettre dans sa paix, en le recouvrant de façon à la lui rendre.

« Cela peut donner six pieds à un bambin, l'idée d'un devoir à accomplir, quand une fois il l'a bien compris. Je rassemblai tout mon courage et je partis d'un pas assez ferme. Toutefois, arrivé à dix pas du banc, à portée de vue de ce visage si terriblement calme, de ces paupières de marbre, closes pour toujours, le cœur me manqua, et, prenant la fuite, je me retrouvai bientôt au fond de la salle.

« Mais la force seule me manquait et non la

volonté. Trois fois je refis le trajet, sans parvenir à aller jusqu'au but, — et cependant il fallait en finir ! J'invoquai le souvenir de tante Marie, de ma mère, qui me pardonneraient, si j'avais réparé, de mon père, qu'on disait si brave, et je recommençai encore, me répétant, quand j'allais faiblir, que le pardon des autres et le mien même, celui du mort surtout, que j'avais le plus offensé, ne pouvaient être qu'à ce prix.

« Ce que le malheureux petit garçon que j'étais usa d'énergie, d'efforts contre lui-même pour surmonter l'insurmontable effroi qui le paralysait à chaque pas qu'il faisait en avant, m'étonne encore à l'heure qu'il est. J'ai eu d'assez rudes passes dans ma carrière de soldat, — elles n'ont rien été à côté de celle-là qui les avait, et de tant d'années, précédées. Que vous dirai-je? me sentant prêt à défaillir, je pris à la fin, dans un instant suprême, ma course en désespéré. J'arrivai devant le mort, je lui demandai pardon de cette voix que les morts sans doute peuvent seuls entendre parce qu'elle ressemble à un dernier soupir, et ma main parvint à ramener enfin sur l'immuable visage le drap qui, dans ma pensée, était nécessaire à son repos.

« Cela fait, j'arrivai tout d'un élan au milieu de la cour ; mais j'étais à bout de puissance, et, ayant poussé un cri suraigu, je tombai, privé de tout sentiment, comme un oiseau blessé à mort, aux pieds de la pauvre sœur Rose.

III

JE REVINS A MOI DANS LES BRAS DE TANTE MARIE.

IV

« Mon évanouissement dura, dit-on, près de deux
heures ; je revins à moi dans les bras de tante Marie,
vers laquelle était monté mon cri de détresse. Ma
mère était revenue. A genoux devant sa sœur et
devant moi, elle me baignait le front et les tempes
et m'imbibait les narines avec quelque chose qui me
brûlait un peu, mais qui sentait très bon. Je fondis
en larmes, et mon premier mot, quand je pus parler,
fut pour demander et redemander pardon, et, quand,
à bout de voix, j'avais dû m'arrêter, c'était pour
crier de nouveau : « Pardon ! pardon ! » de ce qui
était pour moi une irrémissible faute.

« — Pardon de quoi, mon pauvre enfant ? me dit
ma mère quand j'eus repris tout à fait connaissance.
Est-ce d'avoir été dans la grande salle ? mais tante

Marie t'a pardonné; ne vois-tu pas comme elle t'embrasse? »

« Le baiser, oui, c'était le pardon, le pardon de tante Marie, mais ce n'était pas seulement de ce qu'elle croyait qu'il fallait que je fusse pardonné. On ne savait pas tout. Je tins à faire un aveu complet, et, dans un récit entrecoupé de frissons et de larmes, je le dis « ce tout » à tante Marie et à ma mère, je leur racontai ce qu'il m'en avait coûté, c'était mon idée fixe « de manquer de respect à un mort. »

« Ma confession ne fut pas seulement complète, elle fut publique : le chirurgien de l'hôpital et cinq ou six soldats étaient autour de nous.

« — Ah! dit un des militaires s'adressant au docteur, c'est le vieux maréchal des logis qui n'avait pas pu supporter l'amputation d'hier que l'enfant a vu... »

« Quand j'eus achevé mon récit, quand, à force de bonnes paroles, on eut rétabli un calme relatif dans ma conscience et dans mes esprits, quand on m'eut bien répété que le mort ne pouvait plus être fâché, puisque je lui avais demandé pardon, quand tante Marie m'eut fait entendre que, d'ailleurs, s'il faut respecter les morts, les honorer, il ne faut pas avoir peur d'eux, un jeune sergent qui était là et que j'avais taquiné plus qu'un autre, parce qu'il avait plus souvent que d'autres la drogue sur le nez, demanda à ma mère la permission d'embrasser « ce petit-là. »

« Lorsqu'il eut usé de la permission que ma mère lui avait donnée bien volontiers, il lui dit en me remettant sur ses genoux : « Madame, quand on vient à bout de soi à six ans comme cela, c'est pas pour avoir froid aux yeux plus tard. Ce mioche-là sera un lapin. »

« Si je suis devenu un lapin, dit le général en rallumant son cigare, je n'en sais rien, mais ce que je sais, c'est que, dans toute ma vie militaire, je n'ai jamais eu plus de mal que ce jour-là à n'être pas, jusqu'au dernier moment, devant cette première rencontre avec la mort, un fier poltron. — Après ça, nous le savons tous, le courage consiste aussi à surmonter la peur. »

Le général avait eu raison. Cette histoire d'un enfant était au fond l'histoire d'un homme ; elle intéressa ses auditeurs, ainsi qu'il arrive aux récits où chacun peut trouver à se faire sa part à soi-même.

Ce n'était pas d'ailleurs une mauvaise préparation à la besogne nocturne du lendemain, qui devait exiger de chacun de nous plus d'opiniâtreté, plus de volonté et de sang-froid que d'élan.

DEUXIÈME RÉCIT

DEUXIÈME RÉCIT

———

I

Tout s'était passé sur la montagne mieux que
nous n'avions osé l'espérer, et, bien que les gens
que nous avions à en déloger ne fussent pas morts,
bien même que nous ne les eussions pas trouvés
aussi endormis que nous aurions pu le désirer, notre
arrivée ultra-matinale par quatre côtés à la fois
n'avait pas laissé de les surprendre. Nous étions
parvenus sans trop de pertes à nous établir sur leur
terrible plateau ; la situation, quoiqu'elle fût fraîche
en diable, valait mieux, stratégiquement parlant,
que la vallée occupée la veille. A la guerre, d'ailleurs, il est toujours agréable de se mettre à la place
d'un autre.

Tout n'était pas dit cependant : il nous pendait
au nez un autre genre d'exercice.

L'ennemi, chassé de sa haute position, avait tâché
de s'en faire une autre, et il l'avait choisie à une
lieue de nous, au versant extrême du plateau dont
nous l'avions débusqué. Son habileté avait consisté
à mettre entre nous et lui une petite rivière, l'Oued-
el-Kebir, que nous ne pouvions éviter de traverser
pour le forcer à aller plus loin encore, à réintégrer
son territoire et à nous abandonner finalement la
partie. Nous avions pris les précautions nécessaires,
une fois l'ouvrage fait, pour nous payer la grasse
matinée sur notre montagne ; mais, vers midi, tout le
monde, à l'exception de quelques écloppés, était sur
pied, et le petit groupe d'officiers qui s'était trouvé
la veille chez le général fut invité à venir prendre
le café avec lui dans le plus pittoresque fumoir
que j'eusse encore vu, bien que le pittoresque
ne fût pas rare dans la contrée. C'était comme une
enceinte de roches en forme de piles de gros sous,
plantées les unes à côté des autres en amphithéâtre,
dont les échancrures nous permettaient de reconnaître, à l'aide de nos lunettes, le terrain nouveau
sur lequel nous allions avoir à opérer. L'aspect
d'ensemble du pays, très joli au point de vue de la
nature, n'avait rien de précisément déplaisant au

point de vue militaire ; c'était boisé, mais ce n'était pas impénétrable. Toutefois, la vue de la rivière avait quelque chose de chiffonnant. Nous aurions de beaucoup préféré n'être pas séparés du lieu d'attaque par ce long serpent d'eau qui, grossi par la fonte des neiges, était pour nos adversaires une ligne de défense respectable. Nous ne possédions, cela va sans dire, ni artillerie pour protéger notre passage, ni bateaux pour l'opérer. Dans des poursuites comme celle qui nous occupait, un train quelconque n'eût pu que nous embarrasser. Et tout de même, en regardant bien la rivière qui ne coulait pas dans une prairie, mais entre des rives suffisamment escarpées, nous nous disions qu'il y aurait mieux qu'un bain de pieds à prendre pour arriver de l'autre côté. Nous savions que le général avait détaché les hommes nécessaires avec mission de sonder la profondeur de cette barrière d'eau, et de voir si nous aurions la chance d'y trouver des gués convenables. A défaut de quoi, on tâcherait de jeter quelques ponts volants ; mais sur cela il n'y avait guère à compter. Enfin, à la guerre comme à la guerre ; on verrait plus clair quand on y serait. En attendant que, sur les renseignements obtenus, les préparatifs possibles fussent faits, et que le soir fût venu, c'était toute une moitié de journée à user.

Le général avait pensé que le passage de nuit offrirait moins de danger. Le petit Jacques, devenu grand, n'avait plus de répugnance pour les ténèbres et aimait à les utiliser. Quand on eut bien regardé, bien épilogué, entassé hypothèses sur hypothèses touchant l'expédition qu'on méditait, on en revint à la conversation de la veille.

Le général avait eu l'imprudence de nous parler de deux histoires ; nous en avions eu une ; où était l'autre ?

Le capitaine Robert, le même que notre général querellait quelquefois, peut-être parce qu'il se sentait un faible pour lui, le capitaine, sournoisement poussé par nous, eut l'indiscrétion de la lui demander.

« Oh ! pour celle-là, mes enfants, faites-m'en grâce, dit le général, c'est encore une histoire de bébé, et elle n'a rien de ce qui pouvait faire accepter l'autre par des hommes. Je n'ai pas plus de goût qu'un autre pour les fours. Vous m'en feriez faire un.

— Mon général, répliqua l'obstiné capitaine,

vous venez de nous appeler « vos enfants, » une histoire de bébé n'est donc pas pour nous faire peur. Cela nous rajeunira, votre histoire. Les enfants s'amusent de tout, vous le savez, et, si par hasard votre récit numéro deux est un peu plus gai que le premier, eh bien, nous en prendrons notre parti.

— Gai, gai, répondit le général, je n'en sais rien ; en somme, ce n'est pas une tragédie. Mais, au fait, vous le verrez bien.

« Vous le voulez. Me voilà parti.

II

« Tout le monde n'aime peut-être pas l'eau ici, nous dit-il en jetant un regard qui ne manquait pas de malice sur la rivière qui nous préoccupait.

— C'est selon, répondit le capitaine, l'eau a du bon, mais il est des jours où l'on s'en passerait volontiers.

— L'eau mélangée de trop de coups de fusil et après une marche difficile peut être malsaine, repartit une voix enrouée, celle du docteur. Je ne la conseillerais pas pour remède à mon rhume, mais l'eau de votre histoire, mon général, car je suppose par votre début que votre histoire va être un peu mouillée, me fera peut-être du bien.

— Bon, dit le général, voilà le docteur qui me suppose l'idée de lui préparer une tisane. Tisane ou

non, docteur, vous l'avez voulu, vous la boirez.
Mais plus d'interruptions, je ne sais déjà plus où
j'en étais...

— Général, répondit le docteur, vous veniez de
dire : « Tout le monde n'aime peut-être pas l'eau
ici. » Et vous n'aviez pas trouvé de contradicteurs.

— Merci, reprit le général, et silence dans les
rangs. Je recommence :

« Tout le monde n'aime peut-être pas l'eau ici,
disais-je, eh bien, quand j'étais petit, j'étais, paraît-il,
de cet avis. Je n'aimais pas l'eau...

« Entendons-nous toutefois sur la portée qu'il
convient d'attacher à ma répugnance pour l'eau
dans ces premières années de ma vie. J'acceptais
l'eau suivant son emploi; je l'aimais sucrée et même
avec un peu de fleur d'oranger, je ne l'aimais pas
froide sur ma figure en hiver et je ne me laissais
débarbouiller volontiers que quand elle était tiède.
J'aimais encore, du haut d'un pont, à voir couler
l'eau dans la rivière; par une anomalie étrange,
j'adorais même aller sur l'eau dans un bon bateau
avec papa. Mais j'aurais eu une peur horrible de
tomber dans l'eau et d'en avoir subitement par-
dessus la tête; je crois même, pour être franc, que

5

je me serais effrayé d'en avoir jusqu'à la cheville ailleurs que dans un bain de pieds. Que voulez-vous, on ne naît pas parfait.

« Cette crainte de l'eau faisait le désespoir de mon père. Il jugeait en homme pratique que cette passion pour les bateaux, c'est-à-dire en fait pour la navigation, et cette antipathie pour toute immersion dans l'eau étant contradictoires, auraient dû être incompatibles, et que ce goût d'une part, ce dégoût de l'autre, témoignaient d'une absence aussi complète de logique dans la cervelle de monsieur son fils que dans son organisation physique et morale. Il n'avait pas tort. Tante Marie et ma mère étaient coupables de l'eau tiède et de l'eau sucrée, mais la nature semblait seule avoir à répondre de mon antipathie pour l'eau froide.

« C'est une réforme à opérer pendant l'absence que je vais faire, disait mon père à sa belle-sœur et à sa femme. Si je ne la trouve pas accomplie à mon retour, accomplie, j'y consens, avec tous les ménagements que vous voudrez, vous me forcerez à l'opérer moi-même par des moyens un peu brusques dont j'ai plus d'une fois reconnu l'efficacité. Tenez-vous pour dit que, dussé-je jeter votre Jacques à l'eau comme un simple caniche pour lui apprendre à s'en tirer, je le ferai et le referai jusqu'à ce qu'il ait trouvé la chose agréable, jusqu'à ce qu'il ait vaincu son effroi et appris à nager. Jacques prétend qu'il veut devenir un marin comme son papa, rien de mieux, mais je ne veux pas qu'il soit un de ces marins — il y en a — pour qui l'eau est une ennemie, et qui, pour tout dire, ont peur de l'eau.

« — Peur de l'eau ! Il n'a pas peur de l'eau, cet enfant, répondait maman.

« — C'est le froid de l'eau seulement qu'il redoute, ajoutait ma tante.

« — Vraiment ! Et vous n'y verriez d'autre remède que de faire chauffer, exprès pour ce petit clampin, les rivières et les fleuves, les lacs et les mers ! Ce serait, à votre sens, une réforme plus facile à opérer que de le corriger de sa terreur de l'eau froide.

« — Corriger ! corriger ! répliquait tante Marie, on ne corrige pas les systèmes nerveux à volonté, monsieur mon frère, on les guérit, et quand on peut. Il est telle organisation contre laquelle il n'est souvent pas de remède, ou qui ne peut se corriger que d'elle-même, avec l'âge. Notre Jacques est brave sur bien des points, vous le savez ; il n'est véritablement accessible qu'à une peur, celle du contact avec l'eau froide. Eh bien, cela passera avec les années, avec le temps.

« — Le temps ! le temps ! c'est lui qui passe, reprenait mon père, mais non nos défauts, quand, au lieu de les corriger, on leur laisse toutes leurs aises, quant on les met dans du coton. Sœur Marie, n'allez pas me faire une fille de mon garçon, je ne vous le pardonnerais pas.

« — Votre fils, lui répondit sœur Marie, n'a encore, grâce à Dieu, à être ni une fille ni un garçon, — c'est un ange, et vous devriez en être ravi.

« — Ravi ! ravi ! répondit mon père, c'est la suite qui nous dira s'il deviendra un jour raisonnable de l'être. Toujours est-il que je me réserve d'essayer, à quelque beau matin, de voir par moi-même s'il y a l'étoffe d'un mousse dans votre ange. Je ne vous prendrai pas en traître, vous êtes averties, ma femme et vous. A mon premier retour, j'embarquerai mon Jacques, votre petite poule mouillée, avec moi, s'il ne sait pas encore nager, et, bon gré, mal gré, j'en ferai un luron. »

IV

SŒUR MARIE, N'ALLEZ PAS ME FAIRE UNE FILLE
DE MON GARÇON.

« Ces discours-là faisaient frémir ma mère et
ma tante ; mais, quoiqu'ils fussent contre moi en
apparence, j'en faisais mon profit. Ils me ravis-
saient : mousse d'abord et luron, puis amiral bientôt après, c'était tout mon rêve ! Quel dommage
pourtant, me disais-je, que l'eau soit si froide et
que cela mouille, et qu'on ne puisse pas marcher
dessus sans enfoncer dedans... Pourquoi est-ce
comme cela ?

III

« Le moment est venu de vous parler de mon
oncle, le frère de mon père. Ce frère de mon père,
son aîné d'une dizaine d'années, était un ancien
officier retraité. Quel homme, celui-là aussi ! Tenez,
je crois que je n'ai connu dans mon enfance que
de braves gens ; le moyen de tourner tout à fait
mal au milieu de tant de bons êtres ! je n'en suis
pas venu à bout, et je le leur dois assurément. Mon
oncle, donc, avait parcouru le monde en tous sens,
il avait fait toutes les campagnes de la première
République et du premier Empire, et en avait rap-
porté un amour « pour les roses » que vous vous
expliquerez comme vous le pourrez. Il aimait la
terre autant que mon père aimait la mer, mais
c'était pour l'émailler de fleurs. Horticulteur dis-

tingué, il avait hors de la ville une propriété charmante où il entretenait avec un soin sans égal une
collection de roses, célèbre dans tout l'univers hor-
ticole. Cette collection contenait plus de quatre
mille variétés, — je dis : 4,000, — cataloguées,
numérotées, ayant chacune son nom et son histoire.
Les malins prétendaient les parfaitement distinguer
entre elles à la simple vue. J'avoue qu'il m'était
plus commode de les confondre dans une égale
admiration. J'aurais cru leur faire injure en les
préférant l'une à l'autre, et je n'admettais d'autre
différence entre elles que leurs couleurs. Mon père
appelait la propriété de son frère le *Jardin des
Roses*. Le Jardin des Roses était pour moi le seul
concurrent sérieux de la cour de l'hôpital de tante
Marie, et savez-vous pourquoi, entre autres raisons ?
c'était, non parce qu'il était le lieu le plus fleuri et
le plus embaumé que j'eusse jamais imaginé, non
parce que j'en rapportais toujours d'admirables
bouquets pour ma mère, pour tante Marie et pour
sa chapelle, non parce qu'il était bordé dans toute
sa largeur par une jolie petite rivière, mais parce que,
sur cette petite rivière, mon oncle Antoine, pour
faire honneur à son frère le marin, entretenait un

très coquet petit bateau. Avec ce petit bateau, qui me paraissait très grand, père nous faisait faire des promenades, non dans l'eau, mais sur l'eau, qui m'enivraient. Que de fois je me suis cru en mer sur deux pieds d'eau dans cette coquille, et en route pour l'Amérique, les Grandes-Indes, le pôle Nord, les îles de tous les Robinsons, etc., etc. !

« A l'époque dont je parle, père, après une année de navigation dans les mers de la Chine, était venu passer trois mois de congé avec nous. Il fallait en profiter. Avais-je été assez fier, l'année d'avant, quand j'avais pu faire, sous ses ordres, des expéditions soit sur terre, soit sur mer !

« Hélas ! quant à la mer, cette année, je comptais sans mon hôte ! Une des premières paroles de mon père, après un jour ou deux donnés à la joie de se retrouver, avait été pour s'informer si j'avais encore peur de l'eau. Il avait bien fallu lui répondre que sur ce point rien n'était changé.

« — Ah çà ! mais quel âge a-t-il donc ?

« — Mon frère, lui dit tante Marie, il venait d'avoir six ans à votre dernier départ.

« — Mais à ce compte, ma sœur, votre élève en a sept.

« — Oui, papa, sept, lui dis-je ; je suis grand, n'est-ce pas ?

« — Grand, grand, c'est possible, mais plus tu es grand, mon pauvre Jacques, moins tu es pardonnable de ne pas savoir nager, d'avoir peur de l'eau.

« — Il a essayé, dit ma tante, je lui ai fait donner une leçon dans la rivière de l'oncle Antoine par son jardinier, un excellent nageur, mais il en est sorti vert et bleu, et, vrai, il n'y avait pas moyen de l'y laisser une minute de plus ; bien qu'il ne voulût ni se plaindre ni crier, il y serait mort au bout de cinq minutes.

« — Vous croyez cela, ma chère grande sœur ? lui répondit mon père, c'est pourtant une épreuve qu'il faudra recommencer. Mais je préviens mon pauvre Jacques qu'en attendant, et tant qu'il ne sera pas parvenu à faire quelques brassées, il n'y aura plus de bateau pour lui au Jardin des Roses. Le *Saint-Jacques,* — c'était le nom donné pour me faire honneur au bateau de mon oncle, — le *Saint-Jacques* restera à l'ancre sans bouger. »

« C'était terrible, mais c'était dit. Je n'eus pas même l'idée d'essayer de faire revenir mon père sur sa décision.

6

« — Accorde tes flûtes, me dit-il ; tu aimes les bateaux, tu détestes l'eau ; quand tu auras rétabli l'harmonie entre deux propositions si contraires, quand tu n'auras plus peur de mouiller ta précieuse petite peau, tu navigueras tant que tu voudras sur le bateau de l'oncle Antoine. D'ici là, n'y songe plus. On ne va pas en bateau lorsque, devant le moindre accident, on ne se sent pas capable de se tirer d'affaire. »

« Dès le matin, il s'agit d'aller voir l'oncle Antoine. Un aide-jardinier était accouru nous dire que, pris par la goutte, il lui était impossible de venir dîner avec nous à la ville.

IV

« Nous voilà partis, père et moi. C'était bien bon
de le tenir sur terre par la main, car notre désac-
cord sur un point ne changeait rien à nos rapports.
Une fois arrivés, l'oncle Antoine étant incapable
de faire un pas dans son jardin, père lui offrit une
revanche pour la partie d'échecs qu'il lui avait
gagnée à un an de là, l'avant-veille de son départ.

« — Quant à toi, Jacques, me dit l'oncle Antoine,
comme tu n'as pas la goutte, prends ta volée, cueille
des cerises, mange mes fraises, regarde mes roses,
passe-les en revue, va voir tes poules et tes lapins,
donne-leur à manger de ma part, mais respect à
mes semis et à mes écussons. Tu ne ferais peut-
être pas mal d'emporter un livre, ton cher *Robinson suisse.* Va le relire dans le hamac, vous ferez

très bien dans le paysage tous les deux; fais un somme, si cela t'arrange, mais, au milieu de tout cela, sois sage. Quand on n'est pas surveillé, il y a double devoir et double mérite à l'être.

« — J'ajoute, reprit mon père, que tu peux te promener même dans l'allée du bord de l'eau, et que tu ne feras pas mal de regarder attentivement ce qui se passe dans la rivière; pour un bonhomme comme toi, c'est un spectacle instructif que celui de l'eau qui coule.

« — Instructif? dit mon oncle.

« — Plein d'enseignements, répliqua mon père; c'est dans l'eau que nagent les poissons; c'est dans l'eau que Jacques aura à nager prochainement — et comme un poisson — lui aussi...

« — Un poisson? dit l'oncle Antoine, alors tu lui donneras des nageoires.

« — On n'a pas besoin de nageoires pour nager, riposta mon père, — les grenouilles n'en ont pas et elles nagent à ravir; — que Jacques examine celles qu'il dérangera quand il s'approchera de la rive, qu'il étudie la façon savante dont elles piquent une tête pour changer d'élément et l'art infini avec lequel elles jouent des bras et des jambes pour se diriger dans cette belle eau fraîche qui fait peur à ton neveu, et il recevra de ces petites bêtes une leçon de natation supérieure à toutes celles que ton jardinier pourrait lui donner.

« — C'est, ma foi ! vrai, répondit l'oncle Antoine. Allons, Jacques, va prendre ta leçon. Je n'avais pas pensé jusqu'ici aux services que mes grenouilles pouvaient te rendre. »

« J'allais partir. Mon père, d'un geste, me retint :

« — Tu vois ce qui t'est permis, mon petit Jacques. Il me reste à te dire ce qui t'est défendu : Tu ne mettras pas le pied sur le *Saint-Jacques ;* cela, c'est prohibé jusqu'à nouvel ordre. Est-ce convenu ?

« — Oui, père, c'est convenu, — mais...

« — Il n'y a pas de « mais, » répondit mon père.

« Oncle Antoine me jeta un regard compatissant. Toutefois, ce regard ne voulait rien dire de plus que ceci :

« — J'en suis fâché, mon Jacques, mais ton père a parlé, je n'ai rien à dire. »

« Je suivis de point en point le programme des choses autorisées. Je mangeai des cerises, je cueillis des fraises, j'allai donner du grain aux poules et des feuilles de chou à nos lapins. Je relus, couché dans

le hamac, deux chapitres de mon *Robinson suisse*.
Mais, loin de m'endormir, cette lecture éveilla dans
mon esprit le besoin d'aventures. Je me dirigeai alors
vers la rivière. Cependant, j'eus la sagesse de ne
pas aller tout d'abord du côté du bateau, c'est-à-dire
du côté de la tentation. Je regardai couler l'eau
consciencieusement, et j'y trouvai un vrai plaisir. La
rivière de mon oncle n'était pas une de ces rivières
paresseuses dont le mouvement est insensible ;
c'était, dans son genre, une de ces petites personnes
de province toujours affairées, qui savent bien
qu'elles n'ont pas de temps à perdre et qui, tout en
courant, disent à chacun et à chaque chose ce qu'elles
ont à leur dire. Comment rester muette entre ses
rives, quand on a à porter ses eaux fraîches à une
centaine de propriétés qui vous guettent au passage,
et qui, soit à gauche, soit à droite, vous crient :
« Arrosez-nous, rafraîchissez-nous, nous mourons
de soif. »

« Oui, certes, c'est un spectacle qui en vaut un
autre que celui de cette course sans fin d'une eau
toujours claire sur un lit de sable doré, agrémenté
par-ci par-là de ces flexibles plantes vertes qui s'as-
socient à tous les frissons de l'onde et ménagent,

sous la forme d'îles sous-marines, de si gentilles
retraites aux poissons. Les barbillons, les goujons
glissaient comme des ombres, comme des pensées,
entre les divers obstacles qu'opposaient à leurs
évolutions les quelques grosses pierres qui étaient
chargées de figurer les écueils sur ces flots en
miniature. Leurs allées et venues m'amusaient beaucoup, et je faisais le vœu qu'on pût m'appliquer un
jour comme à eux le proverbe : « Heureux comme
le poisson dans l'eau. » Tout cela eût été parfait, si
peu à peu je ne m'étais rapproché du port où mon
oncle avait ménagé, sous le feuillage et entre les
racines d'un énorme saule, un frais asile au glorieux
Saint-Jacques.

« Dans ma bonne envie de ne pas désobéir à mon
père, je m'étais promis de ne pas regarder le *Saint-
Jacques,* de ne pas faire un pas de son côté ; c'était
prudent ; mais il était écrit que je me manquerais,
ce jour-là, de parole à moi-même. Les mauvaises
raisons ne me firent pas défaut : 1° la partie de
l'allée au bord de l'eau où je prétendais me con-
finer étant en plein soleil, je n'y avais fait la rencontre d'aucune grenouille ; l'herbe chaude ne fait
pas leur affaire. Pour prendre ma leçon de natation,

il me fallait donc aller du côté du bateau ; ce ne pouvait être que sous le saule et dans le gazon toujours un peu humide qui entourait la baie Saint-Jacques que je pouvais espérer en trouver ; 2° du moment où père tenait tant à ce que je visse bien comment nagent les grenouilles, j'avais eu tort de m'interdire le seul endroit où j'eusse la chance d'en rencontrer. Je savais bien que, là seulement, il y en avait toujours. D'ailleurs, aller autour du *Saint-Jacques,* ce n'était pas monter sur le *Saint-Jacques ;* je saurais bien m'en abstenir ; 3° ce n'était pas déjà si difficile de ne pas entrer dans un bateau, même quand on en a très envie.

« Me voilà donc écartant les longues branches du grand saule qui pendaient jusqu'à terre. Me voilà en face du *Saint-Jacques.* Qu'il était joli ! Figurez-vous que, depuis que je ne l'avais vu, l'oncle l'avait fait repeindre. Son costume tout neuf, mi-partie de rouge et de blanc, lui allait à merveille ; son mât, — il avait un mât, — peint aussi, était plus beau encore que ces grands mirlitons de cinq ou six pieds qu'on ne vous achète jamais. Sa flamme avait été renouvelée, elle aussi. C'était bien sûr pour le retour de papa que l'oncle Antoine avait fait les frais de cette brillante toilette du *Saint-Jacques*. Sa coque remuait à peine, son imperceptible balancement sur l'eau ressemblait plutôt à la respiration paisible de la poitrine d'une personne endormie qu'à un mouvement. Sous le voile transparent des branches flexibles du saule pleureur, aucun souffle, aucune passion ne pouvait l'atteindre. Le *Saint-Jacques* avait l'air d'un petit potentat au repos, trônant sous un dais de verdure. Si papa ne m'avait pas tant défendu d'y monter, c'eût été bien bon pourtant de lire au milieu même des eaux son *Robinson suisse*. Assis sur l'avant, adossé contre le mât, c'eût été à se croire dans une île. Mais quoi ! ce qui est défendu, on ne peut pas l'empêcher d'être défendu.

V

« J'essayai, pour commencer, de ne penser qu'aux grenouilles. Mais c'était comme un fait exprès, pas une ne se montra. Le moyen de ne pas s'approcher du bateau ! Bien sûr c'était dans son ombre même qu'elles se cachaient. Me voilà tout près du *Saint-Jacques,* et rien n'a sauté à l'eau. Décidément, malgré ma bonne volonté, ce n'est pas aujourd'hui que je prendrai ma leçon de natation. Mais quoi ! Qu'est-ce que ces trois points verts si tranquilles, que j'aperçois là-bas à l'arrière, sur le rebord blanc du bateau ? Ce sont, oui, ce sont trois grenouilles pas gênées qui font là leur sieste, comme si le *Saint-Jacques* leur appartenait.

« On ne pouvait pas souffrir une chose comme celle-là. J'enjambai tout doucement par-dessus le

V

CELA NAGE DANS LA PERFECTION, UNE GRENOUILLE...

bord pour chasser les trois effrontées. Paf, paf, paf, en trois sauts chacune de ces trois dames, réveillée en sursaut, avait piqué dans l'eau une de ces *fameuses têtes* dont m'avait parlé mon père ; c'était le moment ou jamais de leur demander une leçon. Je n'y manquai pas. Je fus dans l'admiration de leur talent. Papa avait eu raison. Cela nage dans la perfection, une grenouille ; cela nage si correctement et si élégamment que, par leurs gestes bien détachés, bien réguliers, on comprend à merveille comment il faudrait faire, si l'on était à leur place. Cette leçon par l'exemple démontre bien mieux les mouvements à faire que quand le jardinier vous tient sous le ventre et vous crie on ne sait pas quoi dans les oreilles. Lorsque papa me jettera à l'eau, je penserai aux grenouilles, je ferai comme elles, et bien sûr je nagerai.

« J'en étais là de mes résolutions quand le bruit de quelque chose de lourd qui tomberait subitement à l'eau me fit relever la tête. Ce bruit fut suivi d'un cri, et ce cri de cinq ou six autres. Ce qui criait, c'était, tout au bord de la rive opposée, quelque chose comme un assez gros paquet bleu, qui s'agitait et tapait l'eau avec fureur. Je regardai de

tous mes yeux et fus saisi d'épouvante en recon-
naissant le petit garçon, encore en robe, des jardi-
niers d'en face que j'avais quelquefois aperçu de la
rive. Le pauvre petit — je me trompe, le pauvre
gros, — avait sans doute échappé à sa mère, au
tablier de laquelle je le voyais d'ordinaire suspendu.
Il en avait profité pour s'approcher tout seul de la
rivière et pour y faire la culbute, — pas exprès.

« Que faire ? il n'était pas content du tout. Il
criait comme un petit enragé dans les instants où
sa figure cramoisie pouvait sortir de l'eau, et d'instinct il battait l'eau tout à la fois de ses pieds et de
ses mains. Je me rendais compte que ses jupes le
soutenaient momentanément sur l'eau, mais que
cela ne pourrait pas durer longtemps. Je me mis à
appeler et à crier à mon tour : « Papa ! mon
oncle ! » mais ma voix ne portait pas, et je sentais
qu'il devait y avoir mieux à faire que de tant crier.
Je me disais qu'il aurait fallu oser descendre dans
la rivière, et, à tout prix, porter secours au pauvre
petit.

« Oui, mais, pour faire cela, il fallait se mouiller
dans de l'eau très froide, ce qui m'inquiétait beaucoup,
on le sait ; et, qui pis est, il faudrait faire voir après,

par ses habits mouillés, qu'on avait désobéi, qu'on n'était pas resté dans l'allée, qu'on avait manqué à sa parole ; — or, cela était terrible ! En deux secondes, tous les cas de conscience que comportait la situation se heurtèrent dans mon cerveau. Fallait-il essayer de sauver l'enfant du jardinier ? Alors il fallait désobéir. Une idée me vint qui me parut lumineuse : je vais ôter mes souliers, mes bas, mon pantalon, les laisser dans le bateau ; l'eau n'est pas profonde, puisque j'en vois le fond ; je suis grand, en relevant et en roulant ma chemise sous mon gilet et sous ma veste, cela ira. En une seconde ce fut fait. En une autre seconde j'étais, et sans broncher, descendu dans l'eau, qui n'était pas chaude, hélas ! Mais ce n'était pas tout, j'avais mal calculé sa profondeur et ma grandeur ; au bout de deux pas faits du côté de l'enfant qui criait toujours, je m'aperçus que, si j'avançais encore, j'allais mouiller mon gilet et ma veste. Cela me paraissait inadmissible. Je fis un pas en arrière pour revenir au bateau. La pensée ne me vint pas que j'aurais pu tout d'abord me déshabiller complètement, et que ce que je n'avais pas fait était encore à faire.

« Oui, il ne s'en fallut de rien que je laissasse

périr un enfant pour ne pas mouiller mon gilet et
ma veste, une veste neuve, il est vrai, et pour n'a-
voir pas, par suite, à déclarer que j'avais désobéi.
Heureusement qu'à tout âge Dieu met dans les
consciences humaines l'instinct du vrai. Mon hési-
tation ne dura pas. « Papa me pardonnera, me
dis-je, quand il saura tout. » Et, tout entier enfin
au sentiment d'un devoir que je sentais supérieur à
tout autre, je parvins, sans trop savoir comment, à
traverser la rivière, à atteindre le petit jardinier
qui déjà ne criait plus, à sortir sa tête de l'eau d'a-
bord et à l'asseoir avec une peine infinie sur la première marche d'un escalier vermoulu qui remontait
du talus de la rivière au jardin de ses parents. Personne ne se montrait, rien ne répondait à mes cris.
Il y avait quatre marches encore à monter pour
arriver au plain-pied du jardin, je vins à bout d'y
grimper avec mon fardeau. Une fois là, je déposai
l'enfant dans un carré de choux. De violet qu'il
était, il était devenu tout pâle, et je courus à la
maison de ses parents.

VI

JE PARVINS A L'ASSEOIR SUR LA PREMIÈRE MARCHE.

VI

« J'y trouvai la maman du petit, je la reconnus bien. C'était une grande femme de bonne mine; elle filait devant son rouet en chantant. Quand elle me vit entrer chez elle, plus d'à demi nu et trempé d'eau, elle s'approcha de moi, bien étonnée, et subitement si colère, que, bien avant que, dans mon trouble, j'eusse pu m'expliquer, elle m'appliqua sur les deux joues les deux plus belles calottes que j'eusse encore reçues de ma vie. A dire le vrai, c'étaient les premières. Furieux de ce procédé, je me jetai sur elle en l'appelant grande bête et grande méchante, et, la prenant par sa jupe, je lui criai qu'il y avait dans ses choux un petit garçon qui était peut-être noyé.

« La grande femme, ahurie, commençait bien à

se douter, par le peu que j'étais parvenu à lui dire, qu'elle avait été prompte; elle se décida à me suivre. Je tremblais d'avoir à la conduire devant son enfant mort, car tout se taisait du côté des choux. J'avais bien tort. Le petit que j'avais tiré de l'eau se portait mieux que moi; nous le trouvâmes assis très tranquillement dans ses vêtements mouillés, le bras appuyé nonchalamment sur un superbe chou bien pommé. Sans mot dire, il regardait devant lui. Mais à la vue de sa mère, il retrouva soudainement toutes les notes de sa voix, et se mit à beugler mieux encore qu'il n'avait fait quand il barbotait dans la rivière. Pourquoi criait-il ? Je le trouvais sot de crier, puisque le secours arrivait. Il n'avait pas si grand tort, le pauvre gros; c'était un petit bonhomme qui avait déjà l'expérience des choses de la vie, il devinait ce qui l'attendait. Pour tout dire, il savait que le premier mouvement de sa mère, dans les grands moments, était à la fois très vif et peu varié.

« Le voyant en bon état, en effet, mais tout trempé, la mère Brazon l'enleva de terre par une aile, releva sa cotte toute mouillée et lui administra, au préalable, une fessée qui ajouta subitement

VII

ELLE M'APPLIQUA SUR LES DEUX JOUES...

des *ut* de poitrine au registre déjà très étendu de la voix de son Auguste. J'étais indigné. Il paraît que j'avais tort. J'ai entendu dire depuis que, médicalement, ce traitement maternel convenait admirablement à la circonstance.

« Est-ce vrai, docteur ?

— C'est très vrai, dit le docteur en riant.

— Avec tout cela, je n'étais pas à la noce ; d'une part, je commençais à grelotter, et de l'autre, c'était pour la première fois de ma vie que j'étais chez des étrangers, trop loin de ma culotte, et j'eus une peur terrible que Mme Brazon ne profitât de l'occasion pour m'administrer ailleurs que sur les joues le traitement qu'elle venait de faire subir à son enfant — et que le docteur eût approuvé. — Mais ces deux exécutions avaient suffi à calmer la brave femme.

« Nous ne fûmes pas plus tôt dans la maison, qu'à la place de la butorde qu'elle avait été tout à l'heure, elle se montra bonne mère pour le petit Auguste et humaine pour moi. En un clin d'œil, elle nous déshabilla de fond en comble l'un et l'autre, et nous fourra tous les deux, malgré nos résistances, dans les draps blancs de son grand lit.

8

« Trois minutes après, elle nous fit boire un demi-verre de vin sucré, très chaud, à chacun, — ce qui mit Auguste dans une jubilation sans pareille.

« Je ne pouvais pas la partager. Le plus fort était fait. C'était fini de ce côté de la rive, mais, pour moi, c'est ce qui allait se passer de l'autre qui me préoccupait le plus. Je pensais alternativement à papa, à mon oncle, à maman, à mes habits mouillés et à mes deux calottes, au bateau et à tante Marie. C'était bien compliqué pour un jeune cerveau encore troublé. Le petit Auguste, cherchant la chaleur, s'était, lui, endormi dans mes bras. Sans m'en apercevoir, je suivis son exemple et je m'endormis à mon tour au milieu de mes tristes réflexions.

« Il paraît qu'on nous laissa dormir près de deux heures.

« Quand je me réveillai dans cette chambre et dans ce lit, et que je me trouvai la tête d'un petit garçon de bonne mine sur la poitrine, je fus d'abord bien étonné. J'ouvrais les yeux sans oser bouger. Mais bientôt la mémoire me revint; je me rappelai tout et je m'écriai : « Papa ! papa ! »

VIII

« — Présent, » répondit mon père.

« Il était là, à mon chevet, mon cher père, depuis plus d'une heure, et ma mère chérie y était
aussi. Tante sœur Marie n'avait pas pu venir, sans
cela elle y eût été aussi. Mme Brazon avait, paraît-il,
fini, en rassemblant ses souvenirs, par reconnaître
dans le petit monsieur peu vêtu qu'elle avait calotté
le petit garçon qu'elle avait aperçu souvent chez
le bourgeois d'en face, et, pour avoir le mot de
l'énigme, elle avait envoyé une voisine chez l'oncle
Antoine. Cela avait interrompu net la partie d'é-
checs. Mon père était bientôt arrivé, amenant avec
lui le médecin de mon oncle, qui était fort à propos survenu. Le docteur ayant vu le joli groupe
que nous faisions dans le lit de Mme Brazon avait
dit : « Laissez-les dormir. »

« En attendant notre réveil, père avait envoyé
chercher des vêtements secs à la ville ; ma mère les
avait apportés elle-même. Tout était bien, sinon
que l'heure des explications avait sonné...

« Quand je fus habillé, mon père me prit entre
ses jambes et me dit :

« — Conte-moi tout. »

« Je lui fis, avec beaucoup moins de fioritures

que je ne viens de le faire, le récit exact de ce qui s'était passé. Mon père m'écouta. Je voyais bien qu'il était sans colère. A un moment cependant, je le vis pâlir ; ce fut quand il eut résulté clairement pour lui de mes explications que, pour aller *dénoyer* le petit Auguste, — c'était le mot dont je me suis servi, et il a été assez rappelé dans la famille pour que je ne l'aie point oublié, — ce fut, dis-je, quand il eut bien compris que j'avais sûrement dû traverser toute la rivière pour arriver jusqu'à l'enfant.

« — C'est à n'y rien comprendre, dit-il à maman et au docteur, — tout le milieu de la rivière a de quatre à cinq pieds d'eau de profondeur, comment a-t-il fait ? »

« — Papa, lui dis-je, j'ai fait comme j'avais vu faire aux grenouilles.

« — Mais alors, mon garçon, tu as nagé ?...

« — Je ne sais pas, papa ; peut-être bien !

« — As-tu eu de l'eau par-dessus la tête ?

« — Non, papa, bien sûr.

« — Tu n'as pas bu d'eau pendant que tu allais au secours du petit Auguste, tu n'as pas enfoncé sous l'eau tout entier ?

« — Non, papa, non, papa !

« — Eh bien, ma femme, dit mon père à maman, cela prouve que, quand il faut nager, on nage. Jacques a nagé parce que, occupé d'autre chose que de sa peur de l'eau, il n'a pensé qu'au but qu'il voulait atteindre. Je suis sûr maintenant que Jacques est guéri de ses anciennes frayeurs, et qu'en quelques bonnes leçons il deviendra un bon nageur. Or, un bon nageur, mes enfants, c'est utile ; cela se sauve soi-même et cela sauve les autres. Sans ce bambin, madame Brazon, sans son courage et son sang-froid, votre enfant était perdu.

« — Jésus mon Dieu ! s'écria-t-elle. Et moi qui l'en ai récompensé par deux gifles !

« — Oui, papa, deux grandes même...

« — Madame Brazon, dit mon père, embrassez mon fils sur les deux joues que vous avez calottées. Il n'est rien de tel qu'un baiser pour réparer un affront. Quand on s'est embrassé, tout est dit. »

VII

« Mon histoire, reprit le général, n'est pas pour
donner à croire aux enfants ni même aux grandes
personnes qu'il serait sage de débuter toujours *ex
abrupto* dans l'art de la natation, mais elle fait voir
cependant que les mouvements à l'aide desquels
l'homme peut nager lui sont aussi naturels qu'à la
plupart des animaux, et que, mis à l'improviste
dans la nécessité de se tirer d'affaire, celui qui ne
craint plus de se mouiller peut, en ne perdant pas
la tête et en pensant tranquillement aux grenouilles,
traverser une petite rivière au lieu d'y laisser sa
peau.

« Si ce soir vous avez à en faire l'épreuve, souve-
nez-vous-en, mes enfants, et aussi aidez-vous les uns
les autres. Laisser un camarade derrière soi n'est

IX

pas joli, et ce n'est jamais une bonne affaire. J'ai eu bien des fois à me féliciter d'avoir tiré le petit Brazon de sa petite rivière.

— Brazon? Brazon? mon général, dit le docteur, mais j'ai connu dans l'armée quelqu'un de ce nom-là, un lieutenant-colonel, ma foi! un homme solide entre tous. Attendez donc : mais c'est moi qui lui ai coupé le bras dans notre expédition contre les Beni-Raten. Il a dû prendre sa retraite, ce brave Brazon, à la suite de cela. Je me rappellerai toujours ce qu'il me dit quand l'opération fut faite :

« — Merci, docteur, je regrette mon bras, mais je ne regrette pas l'occasion qui me l'a fait perdre. »

— Et vous a-t-il dit, fit le général, quelle était cette occasion?

— Ma foi! non, répondit le docteur. Il avait besoin de dormir plus que de parler.

— Eh bien, je vais vous la dire, reprit le général d'une voix très émue. J'avais eu mon cheval tué sous moi et la jambe cassée. J'allais rester là à la merci des Kabyles. Il me dégagea, me prit sur ses épaules, me porta en lieu sûr, et ne s'aperçut que quand ce fut fait que, dans le trajet, une balle lui avait fracassé le coude. Brazon avait perdu un bras à me sauver la vie.

« L'histoire que je vous ai racontée nous avait faits bons amis ; l'oncle Antoine s'était occupé de lui, père aussi ; son éducation s'étant faite en même temps que la mienne, nous avons eu à peu près la même carrière. Pauvre Brazon ! Le voilà à la retraite, il est retourné à X*** ; il demeure dans ce qui fut le jardin de son père, en face du *Jardin des Roses* de l'oncle Antoine. Seulement nous avons relié les deux propriétés par un pont, sous lequel les bateaux peuvent passer. Quand je prendrai ma retraite à mon tour, je n'aurai pas besoin de me mettre à la nage pour aller voir mon cher Auguste. »

VIII

« Mon général, dit le jeune capitaine, voulez-vous me permettre de vous adresser une question. Est-ce qu'on ne vous a pas un peu décoré dans votre famille après ce beau trait?

— Si, si, répondit gaiement le général, les honneurs ne m'ont pas manqué. Tante Marie et mère m'ont embrassé. L'oncle a déclaré que j'étais un bon petit b....., et Mme Brazon m'a envoyé, quinze jours après, le plus gros potiron de son jardin. Elle avait su que j'adorais la soupe au potiron. »

TROISIÈME RÉCIT

TROISIÈME RÉCIT

I

Pour cette fois, l'affaire n'avait pas été une simple partie de plaisir. Elle avait été rude. Ceux mêmes d'entre nous qui n'avaient pu traverser qu'à la nage les eaux encore très agitées de ce diable de torrent les avaient trouvées chaudes. Chaque tronc de caroubier, chaque buisson de laurier-rose ou d'olivier sauvage, chaque rocher de l'autre bord, cachait un ennemi embusqué ; les coups de fusil pleuvaient dru comme grêle autour de nous. La lune, qui nous avait alternativement joué le mauvais tour de se dérober dans les nuages aux moments où l'on aurait eu besoin d'y voir clair, ou d'apparaître avec éclat quand on ne la désirait plus, avait donné à la scène un aspect fantastique. Mais la bonne humeur française ne perd jamais ses droits. J'avais quelques

belles voix dans mon bataillon. Ce fut en chantant
que mes hommes arrivèrent à l'autre rive. Seulement, pour cette fois, la chanson populaire : *Au
clair de la lune, mon ami Pierrot,* leur avait, vu
l'opportunité, servi de *Marseillaise.* De temps en
temps aussi, nos jeunes officiers, se rappelant l'histoire du général, enlevaient les hésitants au cri de :
« En avant les grenouilles! » Ce gai souvenir du
matin n'avait pas été inutile à tous. Nous dûmes,
malgré ce bel entrain, nous y reprendre à trois fois
avant d'en arriver à nos fins. Je doute que nous y
fussions parvenus, tant l'ennemi tenait bon, si, dans
la journée, le général n'avait pas eu la très bonne
idée de faire, par un grand détour, remonter la
rivière à trois bataillons de zouaves. Ceux-ci, grâce
à cette marche forcée, avaient pu passer l'eau à plus
de deux lieues du point d'attaque sans que l'ennemi
s'en doutât, et l'avaient pris très à propos à revers
pendant que, pour la troisième fois, nous l'abordions
de face. Se trouvant très mal à leur aise entre nos
deux feux, messieurs les Arabes avaient été obligés de céder, et le chef qui les avait poussés à la
révolte demandait à faire sa soumission. La leçon
avait été dure pour eux. C'était, sur ce point-là,

X

de la tranquillité assurée pour un bon bout de temps.

Ce résultat nous coûtait une trentaine d'hommes. Il y eut aussi bon nombre de blessés, plus du double. Le docteur eut fort à faire et ne s'y épargna pas. Il s'acquitta de sa terrible et noble besogne avec son sang-froid accoutumé, mais plus silencieusement qu'à l'ordinaire. Ce ne fut que par gestes et du regard qu'il put réconforter ses patients. Enroué seulement le matin, le passage de l'eau lui avait valu une extinction de voix complète.

Nous campâmes sous les tentes ennemies, non sans les avoir soigneusement nettoyées et assainies. On fit de bons feux, on se sécha, on se réchauffa, on soupa et on finit, ma foi! par très bien dormir. Nous avions à rester pendant quelques jours dans ce campement pour recevoir l'aman des tribus repentantes et nous assurer contre une reprise d'armes. Ces quelques jours à passer, sur un succès, dans un très beau pays, n'étaient considérés par personne comme une pénitence. C'était le temps de se refaire. D'ailleurs, dans quinze jours nous serions à Alger. Ce n'était plus, en attendant, qu'un peu de patience et de bon caractère à avoir.

Ce bon caractère et cette patience ne manquaient qu'à deux d'entre nous. Que s'était-il passé entre ces deux très bons amis de la veille? nul n'aurait pu le dire. Toujours est-il que, inséparables depuis leur entrée au régiment, ils ne se parlaient plus depuis le passage du torrent.

On s'était interposé pour les rapprocher sans y réussir. Mais, comme on ne savait rien de la cause qui, si subitement, les avait désunis, et sur laquelle ils avaient l'évident parti pris de ne pas s'expliquer, les efforts sans doute portaient à faux, et on disait tout bas qu'une rencontre était décidée entre eux pour leur retour à Alger.

Cela nous attristait tous.

Le général avait-il eu vent de cette affaire? On espérait bien que non. Il faisait cas des deux jeunes officiers, qui lui étaient tout dévoués, et c'eût été leur nuire dans son esprit que de le mettre au courant de leur brouille récente et des résultats graves que, étant donnée la fermeté de leur caractère, elle pouvait avoir. Le général n'aimait pas les duels. Il tenait même en un mépris hautain quiconque semblait aspirer à la réputation de duelliste. Il avait ses idées à lui sur ce sujet très controversé. Son intrépidité bien connue lui donnait plus qu'à d'autres le droit de les exprimer. C'était toutefois un texte sur lequel il ne s'étendait pas volontiers, et je l'avais vu plus d'une fois en détourner la conversation quand elle semblait devoir s'y arrêter. Mais tout n'est qu'heur et malheur dans les propos de ce monde. Par un tacite accord, c'était à qui ferait le silence autour de nos deux jeunes camarades depuis leur brouille. Ces sortes de situations gagnent toujours à n'être ni commentées ni ébruitées. La malechance voulut qu'un lieutenant, arrivé le matin même avec une dépêche pour le général, et par suite n'étant au courant de rien de ce qui se passait chez nous, s'embarquât dans le récit d'un combat de ce genre qui venait d'avoir lieu à Constantine, d'où il venait, et où, paraissait-il, la chose faisait assez de bruit. Le narrateur, très en dehors, un méridional, parlait avec une sorte d'exaltation de certaines circonstances de ce duel. Le général l'arrêta net.

II

« Un duel n'a jamais été un bon point dans la
vie d'un homme, mon cher monsieur de B***, lui
dit-il, et moins encore dans la vie d'un soldat, qui,
devant tout son sang à la patrie, ne devrait pas se
croire le droit d'en disposer pour ses querelles par-
ticulières. « Je n'ai jamais compté, a dit Napoléon,
sur un duelliste pour une action d'éclat. » Militairement, Napoléon avait cent fois raison.

— Bravo ! dit le docteur, à qui la voix revenait.
Si le duel devait être interdit quelque part, ce serait
dans l'armée, et c'est un reste de barbarie qu'il y
soit non seulement autorisé, mais encore, dans certaines circonstances, commandé.

— L'usage fait fausse route sur ce point, reprit
le général : le duel est la pire école du courage ;
l'antiquité l'ignorait, l'antiquité pleine de héros. Le

« frappe, mais écoute, » de Thémistocle, est pour faire tort à bien des coups d'épée. Nous sommes d'accord, docteur, et j'ajoute que, si le duel était en effet interdit dans l'armée, il disparaîtrait bien vite de la vie civile. Quand le soldat ne se battra plus en duel, le civil ne se croira plus obligé de jouer au soldat en se battant à son tour. Ce serait la fin de cette extravagante et souvent abominable coutume qui n'a jamais été que l'*ultima ratio* des fous. Lorsqu'on croyait, par le duel, en appeler au jugement de Dieu même, le duel s'expliquait encore. Mais, quand la leçon des faits et le progrès de la conscience ont démontré jusqu'à l'évidence que ce prétendu appel au jugement de Dieu, dans des causes purement humaines, n'était au fond qu'un appel injurieux et véritablement impie à ce qui aurait été sa partialité, c'en a été fait du duel judiciaire. L'usage du duel eût dû disparaître du coup, et rien de sensé ne peut expliquer qu'il ait survécu. Maintenant qu'il est bien entendu que le duel n'a jamais été ni pu être le jugement de Dieu, le jugement de qui et de quoi est-il, je vous prie ? Que juge-t-il ? Que tranche-t-il ? Que prouve-t-il ? A quoi satisfait-il ? Quelle solution apporte-t-il à l'objet du débat et du combat ? Quelle satisfaction donne-t-il à la raison, à la morale, à la justice, et, pour tout dire, à l'honneur ? C'est déjà trop que, dans l'état de nos sociétés, l'épée soit appelée à trancher les désaccords entre les nations. Mais ces appels à la force d'individus à individus, rien ne saurait les justifier ; la force et ses aveugles arrêts n'ont jamais passé pour des juges. En bonne règle, il faudra bien qu'un jour la loi puisse suffire à tout et à tous. L'épée ni le sabre ne sont pour rien trancher de ce qu'elle seule a le droit de résoudre. Il nous appartient, messieurs, de dire, et plus haut que les autres, ces choses-là. »

Le général n'avait jamais été si péremptoire sur la matière. Soupçonnait-il, visait-il même peut-être l'anguille qui se cachait sous roche autour de nous ? J'en eus un instant la pensée ; cependant c'était bien le seul hasard qui avait amené la conversation sur le terrain où elle venait de se placer. L'excellent homme ne paraissait pas désireux de pousser plus à fond l'entretien. Son œil calme et pénétrant allait de l'un à l'autre sans apparence d'attention particulière ni de préférence pour celui-ci ou pour celui-là, et son regard semblait n'avoir pour but que de lire, sur le visage de chacun, qui pensait comme lui ou autrement que lui sur la question.

L'auditoire, à vrai dire, si l'on avait été aux voix, eût été partagé. Quelques-uns parmi ceux qui auraient opiné dans le sens du général se demandaient ce qu'ils pourraient bien ajouter à l'exposé si net qu'il venait de faire de sa doctrine ; d'autres, ceux qui tenaient pour le préjugé, se tâtaient pour savoir si c'était bien le moment, dans la situation délicate de deux d'entre nous, de relever le gant jeté aux « affaires d'honneur. » Provisoirement, on se taisait, et cela pouvait sembler ce qu'il y avait en effet de plus opportun à faire ; mais ce n'était pas l'avis, paraît-il, de l'intrépide capitaine Robert. Il s'était retenu cinq minutes, bien qu'il eût une vive démangeaison de parler ; c'était déjà bien long. Il sortit de son silence comme une balle d'un fusil.

« Mais, à ce compte, mon général, et d'après les idées mêmes que vous venez d'exposer, vous n'avez jamais dû vous battre en duel.

— Grand étourdi, répliqua gaiement le général, c'est ce qui vous trompe. Je me suis battu en duel, et deux fois.

— Mais alors, mon général, vos deux duels

auraient donc été, même selon vous, deux fautes, deux fautes graves contre vos principes.

— Sans aucun doute, mon cher capitaine, mais, bien que je n'entende pas plaider pour mes deux duels les circonstances atténuantes, je dois vous dire qu'ils ont précédé dans ma vie l'époque où l'on peut avoir des principes raisonnés sur cette matière.

— Vous seriez-vous battu en duel en nourrice, mon général ?...

— Ma foi ! dit le général, il s'en fallait de si peu que c'était tout comme.

— Mais enfin, mon général, vous étiez déjà au régiment sans doute, et vous admettez bien qu'au régiment on a l'âge d'homme.

— L'âge d'homme, à coup sûr, reprit le général. Si vous m'aviez dit : l'âge de raison, j'aurais pu y faire quelques exceptions, ne fût-ce qu'en votre faveur, mon bouillant capitaine, mais rassurez-vous. J'étais très éloigné encore de l'âge où l'on peut porter le fusil. J'avais douze ans, ne vous en déplaise.

— Douze ans ! s'écria le capitaine, en faisant un bond sur son divan...

— Douze ans ! et, pour être exact, il y manquait même deux ou trois mois. Vous le voyez, j'avais

du moins pour excuse de n'avoir pas encore tout
à fait ce qu'on peut appeler l'âge de raison. Toutefois, j'avais dès lors probablement une certaine
petite somme de bon sens, car, d'une part, je ne me
suis jamais jugé si sot de ma vie, et, de l'autre, je
dois confesser que j'y ai été comme un chien qu'on
fouette, avec la conscience que, puisque je n'étais
pas le provocateur, puisque je n'étais pas dans mon
tort, j'étais encore bien plus coupable que mon
adversaire ; car, en lui prêtant le collier, je lui rendais possible d'aggraver sa faute de toutes les conséquences de sa provocation.

— Mais, général, vous nous dites : deux duels,
et vous ne parlez que d'un adversaire. A deux duels,
il faut deux adversaires.

— Le plus beau duelliste du monde, répondit le
général, ne peut vous donner que ce qu'il a. J'ai eu
deux duels, mais avec le même adversaire...

— Saperlotte ! dit le capitaine, mais ce sont là
des duels d'enragés.

— Dites : duels d'enfants, semblables en bien des
points à des duels d'hommes, et cela suffira à les
flétrir, mon cher interlocuteur.

— Je n'y suis pas, je n'y suis plus du tout, dit le

capitaine : deux duels ! douze ans ! mais alors c'est
d'un de vos souvenirs d'enfance qu'il s'agit, cette
fois encore, mon général, et vous venez de vous
moquer un peu de votre serviteur. Cela étant, vous
me permettrez, par compensation, d'essayer d'y
gagner quelque chose. S'il ne s'agit, en effet, que
de combats remontant à votre enfance, je serai
moins indiscret que je ne croyais l'être en vous
en demandant le récit. Joint aux deux que vous
avez bien voulu nous faire déjà, ce nouveau souvenir nous complétera le nombre trois, celui qui
plaît à Dieu, et vous serez ainsi arrivé sans vous
en douter à nous offrir une trilogie. »

Le dialogue du capitaine avait mieux tourné que
nous n'avions osé l'espérer. Nous abondâmes dans
son sens. Le docteur nous donna un coup d'épaule
qui ne nous fut pas inutile, et le bon général, vaincu
par nos instances, nous dit une fois encore : « Vous
le voulez ? eh bien, soit. »

Le général allait commencer quand une nouvelle
dépêche lui fut apportée à laquelle il avait quelques
mots à répondre. Il dut nous quitter un instant pour
interroger celui qui l'apportait, et je profiterai de cette
interruption pour parler un peu pour mon compte.

III

Les civils, pour ne pas dire les bourgeois, se font des opinions singulières de la vie militaire. Plus d'un peut-être parmi ceux qui me lisent est tenté de me dire : « Il parle beaucoup, ou tout au moins vous le faites beaucoup parler, votre général. Les généraux sont-ils donc si communicatifs ? nous nous les imaginions plus sobres de paroles, plus sobres de discussions et de discours, et, pour tout dire, nous nous les représentions comme des causeurs essentiellement laconiques. »

A quoi je répondrai : « Messieurs mes lecteurs, vous n'avez vu pour la plupart que par occasion des militaires, vous les avez vus hors de leur milieu, c'est-à-dire hors de la vie des camps. Il s'ensuit que vous ne connaissez pas les vrais militaires. L'état

militaire, c'est-à-dire la vie toujours en commun,
ne porte pas au silence. Les militaires sont faits
comme vous ; ils ont les mêmes dons, les mêmes
besoins de communication intellectuelle, et, lorsqu'ils croient avoir quelque chose de bon à dire, ils
le disent aussi volontiers, mais avec un peu moins
de façon que vous-mêmes ; leurs conversations ne
diffèrent des vôtres qu'en un point, c'est que la peur
de casser des œufs, peur terrible dans un salon,
n'existe pas au même degré sous la tente. Il résulte
de là que la conversation, plus familière et moins
bridée, a moins d'occasions de s'arrêter que chez
vous. J'ai connu longtemps et intimement les officiers supérieurs les plus réputés de mon temps :
le maréchal Bugeaud d'abord, puis les généraux
Eugène Cavaignac, Lamoricière, Bedeau, le colonel
Charras et un peu plus tard le général Trochu,
tous, chacun à sa façon, de la grande race militaire.
Eh bien, tous étaient à l'occasion de charmants, de
très spirituels, de très éloquents, de très intéres-
sants causeurs et conteurs, — des causeurs à faire
taire le feu des célébrités de l'art, de la littérature,
de la tribune et même du barreau. J'ai pu comparer
bien des fois, et presque toujours la comparaison a

été à leur avantage. Et savez-vous comment je m'expliquais que la supériorité fût si souvent de leur côté ? c'est qu'ils ne parlaient en général que de ce qu'ils savaient bien ; c'est que, ayant beaucoup vu, beaucoup agi, beaucoup appris dans leur sphère, ils avaient tous beaucoup de choses vraiment curieuses à dire sur les points qu'ils avaient plus particulièrement approfondis. Il en résultait. tout naturellement qu'étant très heureux de les écouter, leurs auditeurs, voire leurs auditeurs quotidiens, ne les conviaient jamais, par leur attitude, à se taire.

Quand on a profit et plaisir à entendre un homme d'un mérite incontestable parler de choses qu'il possède bien, on ne lui mesure pas son attention, on ne lui coupe la parole que pour l'exciter à continuer, et, à ce point de vue, ce sont les auditeurs qui font les causeurs. Eh bien, mon général était de ces généraux-là. Ses conversations avec ses jeunes officiers, même celles dont je me fais le rapporteur, avaient toujours pour objet de leur être utiles par quelque point. Elles avaient eu ce bon côté d'établir un lien commun entre lui et eux d'abord, et ensuite entre eux-mêmes. Aller faire causer le général était une fête pour ces jeunes hommes, sevrés de la vie du monde et de la vie de famille. Forcés de se suffire à eux-mêmes, ils se rendaient compte qu'ils avaient bien des choses à apprendre de leurs anciens, en dehors de celles qu'ils avaient rapportées du collège ou des écoles spéciales d'où ils sortaient. On pensera tout ce qu'on voudra de ce qu'on nommait notre armée d'Afrique d'autrefois, il est une chose qu'on ne lui ôtera pas, c'est qu'elle avait créé une vraie confraternité d'armes entre ses chefs. C'étaient des rivaux, mais des rivaux qui s'aimaient et s'appréciaient. A de bien petites exceptions près, à une seule peut-être, on les a vus se rester fidèles et se rendre justice plus tard en dépit des phases diverses de leurs carrières.

Mais je m'aperçois qu'il n'est pas que les militaires qui gardent longtemps la parole quand une fois ils l'ont prise, et il n'est que temps que je la rende à qui de droit.

Le général venait de rentrer.

IV

« Mes enfants, dit-il, les nouvelles sont bonnes. Pendant que nous réussissions ici, le général Z. réussissait de son côté. Nous avons de la tranquillité sur la planche et le temps de causer ; causons.

« J'avais ou peu s'en faut cessé d'être attaché aux jupes de ma mère et suspendu aux grandes manches de sœur Marie. J'étais entré d'abord comme externe, puis comme interne, hélas ! au collège de la ville. Je n'étais plus, si ce n'est le dimanche, l'enfant de mes deux premiers récits ; je ne retrouvais l'oncle Antoine, le Jardin des Roses, le navire *Saint-Jacques,* que les jours de congé. Lorsque le temps était beau, nous faisions, avec Auguste Brazon, de vraies expéditions maritimes à la recherche d'une île inconnue sur la rivière des Grands-Prés. Élevé au bord de l'eau, il la regardait comme son élément, et était devenu pour moi un gentil et déjà solide petit compagnon. Quand notre navire s'engravait, nous avions tôt fait, Auguste et moi, de nous mettre à l'eau pour le dégager. Nous n'avions plus besoin de prendre exemple sur les grenouilles, nous nagions comme des poissons, et nous cherchions de préférence les endroits où il n'y avait pas pied. C'était encore très bon, ce temps-là. Malheureusement pour moi, qui aurais voulu qu'il pût durer toujours, j'avais mordu très vite au latin, et, chose assez rare, au grec surtout, dont je m'étais épris prématurément, parce que, ayant cherché un jour la traduction du verbe s'ennuyer dans cette langue, mon professeur m'avait dit que le mot s'ennuyer n'existait pas en grec. J'en avais conçu une grande admiration pour la langue de ce peuple, le seul sans doute qui ne connût pas l'ennui. J'avais d'ailleurs des prix, pas mal de prix à toutes les distributions, et je m'étais, sans m'en douter, acquis la périlleuse réputation d'un petit gaillard qui donne de grandes espérances. J'ose dire que je n'ai jamais cessé d'en donner. J'en donne peut-être encore, des espérances, aux autres, sinon à moi-même, et ne donnerai jamais sans doute que cela.

— Oh ! général, dit le docteur, il n'est que vous qui puissiez penser ainsi de vous-même.

— Il n'est pas sain, mes chers amis, d'être surfait. Être un grand général de l'avenir ne vaut pas d'être un parfait colonel dans le présent. D'ailleurs, à qui est-il, l'avenir ? qui le fera ou le défera ? Toujours est-il que, pour rentrer dans mon passé, ma petite renommée locale d'écolier, qui pourrait un jour être brillant, était parvenue, je ne sais comment, jusqu'aux oreilles du proviseur d'un grand collège de Paris. Cet administrateur prévoyant recrutait dans tous les départements les élèves qui promettaient beaucoup, avec l'idée de se faire une pépinière de lauréats en herbe et de renforcer d'autant l'établissement qu'il dirigeait. On offrit une bourse à ma mère. L'oncle Antoine, consulté en l'absence de mon père, décida qu'il fallait accepter. D'une part, nous n'étions pas riches, de l'autre, c'était l'occasion, unique peut-être, d'une instruction supérieure qui s'offrait à moi. Ma mère fut bien obligée de céder. Ce fut un drame que cette première séparation. Ma pauvre maman était plus blanche qu'un linge. Les grands yeux bleus de tante sœur

Marie étaient noyés de larmes. Auguste Brazon beuglait, car, dans les grands moments, il beuglait,
et moi j'avais la mort dans l'âme. En dehors
même du regret de ces amitiés si chères, j'en
emportais d'autres encore dont je n'ai pas eu à vous
parler. Mais cela s'était fait ainsi que l'oncle Antoine l'avait résolu. Il m'avait conduit militairement
à Paris, et, pour couper court, au moment où commence mon récit, j'étais en quatrième. Je comptais
par conséquent quatre années de service dans mes
deux premiers régiments : les collèges sont des
régiments dans leur genre. Je marchais sur mes
douze ans et j'étais, avec un autre élève dont j'aurai beaucoup à vous parler tout à l'heure et qui
me serrait de près, un des deux forts de ma classe.

XI

J'AVAIS LA MORT A L'AME.

V

« Nous avions pour professeur un homme aimable, très intelligent de son rôle. Savant et homme du monde tout ensemble, il avait trouvé le rare secret de faire piocher ses élèves, en se faisant tout à la fois craindre et adorer d'eux. Aussi était-il de ces professeurs à part avec lesquels tous les élèves, même les médiocres, même les mauvais, tiennent à être au mieux. L'émulation de lui plaire, de mériter d'être distingué par lui, était telle, que, pour un certain nombre, elle était poussée jusqu'au fanatisme, jusqu'à une sorte de jalousie. Il était très bon pour moi, et comme il avait remarqué que j'avais souvent une petite toux sèche qui lui déplaisait, il m'avait fait prendre dans la classe une des deux places qui avoisinaient, l'une à gauche et l'autre à droite, un

12

poêle qui pouvait passer pour un monument. Pour vous donner une idée topographique de la situation de ce poêle, je vous dirai qu'il se dressait au point central d'un espace carré de trois mètres environ qui séparait les deux grandes et longues tables à pupitres sur lesquelles nous travaillions. J'occupais, moi, le pupitre de droite, le plus rapproché du poêle, et la place analogue de l'autre table avait été donnée à cet élève dont je vous ai dit qu'il me serrait de près, et qui, d'ailleurs, était plus qu'aucun autre, par le droit exceptionnel qu'il avait d'être frileux, désigné pour cette place de faveur.

« La situation de ce garçon au collège était très particulière. Il ne paraissait jamais à l'étude. On ne le voyait jamais aux récréations ni aux promenades. Il ne se montrait jamais à la chapelle. Il n'avait jamais eu son lit au dortoir et n'avait de contact avec nous que pendant les heures de classe. Encore y arrivait-il toujours escorté d'un maître à maintien austère qu'il avait pour lui tout seul, qui ne le quittait pas plus que son ombre et l'attendait à la sortie des classes pour le ramener, dès qu'elles étaient finies, dans un appartement à part qu'ils habitaient à eux deux dans le pavillon du proviseur. Du reste,

très bon élève, très attentif, travailleur acharné et
même un peu sombre, subitement violent de gestes
et de façons quand une déconvenue venait le surprendre : un devoir manqué, une leçon mal sue, ce
qui pourtant, tant il était studieux, était rare. Il
était impossible d'être moins communicatif que cet
étrange camarade-là. Aucun de ses voisins n'était
parvenu à se lier avec lui. Il ne leur adressait jamais
la parole, et leur répondait à peine quand ils s'é-
taient risqués à l'interpeller. Bien que je fisse cas
de son opiniâtreté au travail et qu'à ce point de
vue, par le fil à retordre qu'il me donnait, il eût de
quoi m'intéresser, son attitude peu engageante m'a-
vait retenu de lui faire aucune avance. Nous n'a-
vions jamais échangé un mot. Ses regards, qu'ani-
mait soudain un muet dépit, m'avaient pourtant
donné à comprendre qu'il n'était pas content du
tout lorsque j'étais le premier et qu'il n'était que le
second, ce qui était assez fréquent. Les deux places
que nous occupions, lui et moi, auprès du poêle,
plus chaudes que les autres, ne laissaient pas de
nous faire à l'un et à l'autre des envieux. La mienne
toutefois était, sans que je m'en fusse jamais douté,
plus jalousée encore que la sienne, non qu'au point

de vue du poêle elle eût rien de préférable, mais parce que souvent, dans les journées froides, M. Dulong, notre professeur, qui n'était pas ennemi de la chaleur, quittait sa chaire et venait s'installer, sur un tabouret, entre le poêle et moi pour se réchauffer les pieds. Ce tabouret, le tabouret du professeur, restait à poste fixe, il le voulait ainsi, entre le poêle et mon pupitre, et jamais, au grand jamais, on ne l'avait vu placé de l'autre côté. Comme j'étais bien vu de mes camarades, cela n'était pas mal pris par la plupart. Il paraît toutefois que tous ne s'en arrangeaient pas également.

« Vous comprenez bien que, si j'entre dans des détails si minutieux sur la position et la destination du tabouret de M. Dulong, comme cela ne saurait être pour l'agrément qu'ils offrent en eux-mêmes, c'est qu'ils importent à la suite de mon récit. Si vous ne les aviez pas compris, ce qu'il me reste à vous dire n'aurait pas de clarté pour vous.

« Donc, et permettez-moi de vous le demander, ai-je été clair? comprenez-vous?

— Nous comprenons, s'écria le capitaine Robert, portant volontiers la parole, cette fois encore et pour tous, nous comprenons. »

Et, pour prouver qu'il avait saisi à merveille l'exposé de la situation, il la figura du geste en ajoutant : « Nous voici trois l'un à côté de l'autre sur ce divan : le commandant Pierre, le docteur et moi. Eh bien, le commandant Pierre est l'élève hétéroclite et frileux dont vous parlez. Le docteur est tout naturellement le gros poêle, et moi, mon général, je suis vous.

— C'est parfait, dit le général.

« Nous allons dans un instant entrer en classe. Notre professeur, M. Dulong, se promène en attendant devant la porte. Il m'aperçoit et m'appelle : « Mon petit Jacques, me dit-il, il ne fait pas chaud ; mettez une bûche de trop dans le feu dès que vous serez entré et gardez-moi mon tabouret. Il est à parier que je ferai la plus grande partie de la classe à côté du poêle. Je suis gelé. »

« L'heure sonne, — la porte de la classe s'ouvre ; chacun a pris sa place. Le tabouret du professeur est à son poste ; M. Dulong, monté pour un instant dans sa chaire, est occupé à tracer à la craie, sur le tableau noir qui y est adossé, ce qu'il appelle le menu, ce que vous appellerez, si vous le voulez, le sommaire des matières qu'il va traiter. Pour procéder à cette utile opération, que, par parenthèse, je n'ai jamais vu pratiquer qu'à lui au collège, il nous tourne momentanément le dos.

« Je remarque alors que mon voisin de l'autre côté du poêle, celui qui occupe la place analogue à la mienne, est encore plus sombre que de coutume. Il a l'air préoccupé ; qu'est-ce qu'il médite ? Son noir regard s'est porté alternativement, et à deux ou trois reprises, de M. Dulong, tout à son menu, sur le tabouret dont je suis le gardien. Est-ce que... oui ! Est-ce qu'il aurait des idées sur le tabouret du professeur ? Je ne me suis pas trompé : d'un bond, et à l'étonnement de tous, il abandonne sa place. Déjà il a la main sur l'objet précieux confié à mes soins, mais il a compté sans ma vigilance. J'avais deviné le secret de sa manœuvre ; plus promptement que lui, je la déjoue en m'asseyant audacieusement sur le tabouret sacré. Protégé par mon poids, le trône en paille de M. Dulong est désormais hors de l'atteinte du ravisseur.

VI

« Cela vous paraît simple, cette petite action que
je vous raconte là, et vous vous demandez si elle
vaut l'honneur que je viens de lui faire. Tout au
plus trouvez-vous peut-être qu'au point de vue de
la défense du point assiégé, j'ai été bien inspiré.

« Qu'on se disputât les tabourets de velours de
la cour de Louis XIV, vous dites-vous, cela se comprend, mais que deux écoliers essayent de s'arracher un tabouret dans une classe de quatrième,
quel intérêt cela peut-il avoir, sinon pour eux, et
encore, quels privilèges pouvaient leur sembler
attachés à la possession de ce fameux tabouret de
collège ?

« Cela vous est aisé à dire, messieurs ; mais, en
vérité, la différence n'était pas si grande qu'il vous

plaît de l'imaginer entre les tabourets de la cour
du grand roi et celui de la classe de M. Dulong.
Dans les deux cas, il s'agissait de la faveur du maître, — et cette faveur-là, on n'est que trop enclin
à se la disputer à tout âge. Je suppose que mon
antagoniste s'était dit : « Si je parviens à placer le
tabouret de mon côté, c'est à côté de moi que vien-
dra s'asseoir M. Dulong. Les boules de gomme et
les pastilles de chocolat qu'il donne à mon rival, qui
ne tousse pas plus que moi, c'est à moi qu'elles
reviendront, et, ce qui est plus important encore, ce
sont mes devoirs qui seront examinés tout d'abord,
et je serai peut-être le premier plus souvent. »
C'était là un calcul de jalousie ; — or, la jalousie
contient toujours un peu de haine. Ce que mon
rival souvent malheureux m'enviait, c'était le voisinage de M. Dulong : de là, une colère sourde,
lentement amassée, contre moi, et que je n'avais
jamais soupçonnée. Il faut être plus vieux que je ne
l'étais pour savoir que tous les succès se payent.
Toujours est-il qu'en ne cédant pas le tabouret de
M. Dulong au corsaire qui voulait me l'enlever, je
venais de faire un acte d'une témérité telle, que
pas un de mes camarades de la classe ne l'eût osé à

XII

« APRÈS LA CLASSE, JE TE RATTRAPERAI. »

l'encontre d'un tel antagoniste. Je m'étais tout
bonnement fait un ennemi mortel, un ennemi capable de tout, du plus redouté de nos camarades.

« Une sorte de grognement rauque, un cri mal
comprimé de bête fauve se voyant arracher sa
proie, était sorti de la poitrine de mon ennemi,
obligé de renoncer à la conquête du fameux tabouret. Tous les élèves, en l'entendant, en avaient
frémi pour moi.

« M. Dulong s'était retourné vivement. « Qu'est-
ce que c'est ! » avait-il dit. Mais, le silence seul lui
ayant répondu, il crut s'être trompé, avoir pris un
cri du dehors pour un bruit du dedans, et il avait
repris sa besogne au tableau.

« Mettant à profit le rapide moment où il pouvait encore exhaler sa rage sans être vu du professeur, mon adversaire, les yeux pleins de fureur, me
montra le poing et me dit, en grinçant des dents :
« Après la classe, je te rattraperai. »

« Les regards de commisération de tous ceux de
mes camarades qui avaient pu se rendre compte de
la portée de l'incident n'étaient pas faits pour me
rassurer.

« M. Dulong, à peu près seul, n'avait pu rien

voir. Dès qu'il eut mis le dernier mot à son menu, il vint tranquillement s'asseoir sur son tabouret, sans se douter de ce qu'il pouvait m'en coûter de l'avoir si bien défendu. Il m'adressa quelques paroles amicales, et ce fut alors seulement qu'il s'aperçut que je n'étais pas dans mon assiette : « Vous êtes pâlot, mon petit Jacques, me dit-il, seriez-vous malade? »

« Hélas! j'étais plus que malade, — j'étais tout à la fois consterné et terrifié, — consterné de faire pour la première fois cette découverte si cruelle qu'un être pour qui je n'avais jamais eu un mauvais sentiment m'exécrait, et terrifié, parce que, ma foi! il y avait de quoi l'être.

« Je vous vois d'ici vous dire : « Décidément, à son début dans la vie, notre général était un fier poltron. Il avait peur de tout. Ce ne sont que des peurs qu'il nous raconte. Le courage qu'il a pu montrer par-ci par-là dans un âge plus mûr n'aurait-il donc été qu'un courage de volonté? »

« Pensez-en ce que vous voudrez, messieurs. Outre que ce courage de volonté en vaudrait bien un autre, puisqu'il est plus sûrement à la disposition de celui qui lui fait appel que le courage de seul instinct, très sujet aux paniques, ce n'est pas mon apothéose que j'ai entrepris de vous faire en entamant ce récit. Mettez donc, si vous le voulez, que cette petite étude rétrospective n'est qu'une confession.

« Dites-vous néanmoins que, pour tous mes cama-rades, j'étais d'ores et déjà un condamné à mort qui n'aurait pas plus d'une heure devant lui avant de subir son supplice, et que pas un, à l'exception peut-être d'Auguste Brazon, s'il eût été là, le brave garçon, n'aurait voulu être à ma place. Le fait est que mon adversaire exceptionnel...

— Bon ! dit le capitaine. Votre camarade excep-tionnel n'était pas, à tout prendre, un rhinocéros ; un fort en thème sournois et rageur n'est pas obli-gatoirement un Hercule, mon général.

— A en juger par ce qu'on en disait, et à un certain point de vue, on ne se trompait pas ; c'était pis que tout cela, mon cher Robert, oui, pis que cela, et surtout pour un garçon qui n'était pas né batailleur, et qui, n'ayant jamais vu le feu, n'avait pas encore contracté le goût glorieux et malheu-reux des plaies et des bosses. Mais faites-moi un peu de crédit, mon jeune ami, patientez ; il n'est pas impossible que, quand je vous aurai fait faire plus complètement connaissance avec l'étrange bonhomme dont je vous occupe, vous finissiez par être de mon avis.

« Mon adversaire, messieurs, était ce qu'il y a de plus inquiétant au monde à tout âge, pour les hommes aussi bien que pour les enfants ; c'était tout à la fois un mystère et une légende :

« 1° Il avait la tête de plus que moi. C'était le Goliath de la classe. N'ayant pas de fronde qui me permît de le découdre bravement à distance, je ne pouvais pas espérer être son David.

« 2° Les bruits les plus extraordinaires couraient sur lui. Un jour qu'il avait voulu échapper à son maître particulier, on l'avait vu en un instant grimper avec l'agilité d'un singe sur les branches extrêmes d'un orme séculaire qui faisait l'ornement de la cour. Trois domestiques avaient été lancés à sa poursuite, dont un ancien pompier ; mais de le suivre dans ses exercices, il n'y avait pas moyen ; il sautait de branche en branche comme un écureuil, comme un oiseau, et quand il en avait eu assez de ce jeu-là, il s'était débarrassé de chacun de ses poursuivants en un clin d'œil. Il avait d'un coup

XIII

IL S'ÉTAIT DÉBARRASSÉ DE SES POURSUIVANTS.

de poing sur la nuque jeté le premier au bas de
l'arbre. Il s'était défait de l'ancien pompier à l'aide
d'un coup de pied en pleine figure et lui avait cassé
trois dents, et enfin il avait empêché le troisième
d'arriver jusqu'à lui en l'éborgnant, et savez-vous
comment ! il lui avait bel et bien jeté sa montre,
une montre d'or superbe, à la tête. La montre avait
fait pierre et lui avait crevé l'œil droit. Bref, il
avait contraint à capituler son instituteur privé en
lui parlant du haut de son arbre, avec une fureur
incroyable, dans une langue bizarre, dont personne,
même parmi les professeurs présents, n'avait pu
comprendre un traître mot. Ce n'est pas tout, la
paix n'étant pas faite au complet entre son maître
et lui, à la suite de cela, il avait refusé de rentrer
dans son pavillon en même temps que le susdit
maître, par l'escalier, et avait en trois ou quatre
bonds regagné les fenêtres de son appartement du
second en s'accrochant successivement des per-
siennes du rez-de-chaussée à celles du premier, puis
à un tuyau de gouttière. Une fois devant sa fenêtre,
il avait d'un coup de tête enfoncé un des carreaux
par lequel il avait disparu comme une lettre à la
poste. Son but, en prenant ce chemin périlleux,

était d'arriver le premier dans sa chambre, de s'y barricader et d'en interdire l'entrée à son maître. Il n'y avait pas manqué et avait soutenu un siège en règle, pendant plus de deux heures, contre tout le personnel de la maison, y compris le serrurier, avant de consentir à la rouvrir.

« Le professeur de gymnastique, qui avait tout vu, n'en revenait pas. Il disait qu'il fallait que ce gaillard-là eût des muscles d'acier et qu'Auriol, le plus célèbre des clowns vers ce temps-là, n'aurait pu exécuter une pareille ascension.

« Pour une algarade pareille, on aurait renvoyé dix, vingt élèves, on aurait licencié le collège ; lui, on l'avait gardé ! Au bout de huit jours, on l'avait vu reparaître en classe comme si rien ne s'était passé.

« De quelle puissance, de quels appuis disposait-il donc, s'était-on demandé, pour se faire pardonner une telle rébellion, un tel scandale ? On s'était d'abord perdu en conjectures ; mais, peu à peu, des informations prises, il s'était dégagé, et c'était devenu un article de foi pour tout le collège, que cet être privilégié n'était ni plus ni moins que le fils d'un roi.

— D'un roi ! s'écria en chœur tout l'auditoire.

— Quel roi ? — ajouta le capitaine, toujours moins discret que les autres.

— Un monarque étranger, reprit tranquillement le général, un monarque célèbre par son extraordinaire cruauté, un de ces potentats incontestés qui ont droit de vie et de mort sur tout ce qui les entoure, et qui font décapiter leurs sujets par centaines, quand ils n'ont rien de mieux à faire pour se distraire, ou encore quand ils ont à fêter quelque ambassadeur venu de loin, auquel ils sont bien aises de montrer quelle soumission ils sont en droit d'attendre de leur peuple.

« Enfin, soit dit pour mettre les points sur les *i,* un de ces féroces rois africains dont Théodoros a offert aux générations suivantes un spécimen adouci, un roi nègre qui faisait terriblement parler de lui à cette époque.

— Saperlipopette, mon général, s'écria le capitaine Robert en se dressant sur ses pieds de toute sa taille, vos histoires ont des inattendus... des inattendus...

— Bien inattendus, en effet, reprit le général en souriant, puisque vous ne les attendez jamais. Ils ne devraient pas tant vous surprendre cependant, mon cher Robert, et, si vous aviez été plus atten- tif, quand je vous ai dit que notre camarade avait plus qu'un autre le droit d'être frileux, un esprit perspicace comme le vôtre aurait pu en conclure que je ne pouvais vous parler... que d'un nègre !

— C'est, ma foi ! vrai ; mais alors, mon général, il était donc vraiment nègre aussi, votre adversaire ?

— L'usage étant généralement, dit le général avec beaucoup de sang-froid, que les fils suivent la condition de leur père, mon adversaire, fils d'un nègre, qui était nègre de père en fils lui-même, dans une de ces familles royales qui n'admettent pas les mésalliances, était tout ce qu'il y a de plus nègre à son tour, et d'un noir, je vous prie de le croire, qui était pur de tout mélange. Vous m'ac- corderez que la guerre d'Afrique ne m'ayant pas encore, alors que je n'avais que douze ans, accli- maté avec cette couleur d'adversaire, ce rensei- gnement puisse être admis même par vous comme une circonstance atténuante à mon jeune émoi.

« Pour un petit blanc, habitué à voir sur toutes les images Satan lui-même peint en noir, la pers- pective de faire son premier pas sur le champ d'honneur, par une rencontre, par un combat corps à corps avec un sauvage de ton aussi foncé, allons, avouez, mon capitaine, avouez que c'était tout au moins, comme je vous l'avais dit, un cas exceptionnel, — et que, quand je m'étais permis · de qualifier ainsi l'affaire qui me tombait sur les bras, vous avez peut-être eu tort de vous récrier.

— Allons, Robert, dit le docteur, votre jugement avait été un peu prompt, convenez-en.

— J'en conviens, répondit d'un air gaiement penaud le capitaine Robert.

VII

« Eh bien, oui, reprit le général, l'idée que j'allais me trouver aux prises avec cet être étrange,
que j'allais avoir à subir ses violences et à lui·en
infliger à mon tour, cette idée me bouleversait;
elle me remplissait d'horreur, mon sang se figeait
et bouillait alternativement dans mes veines. Il me
semblait que cela allait être abominable, bête et
odieux tout ensemble. L'heure que dura la classe
et qui me séparait seule du moment redouté fut
pour moi un long supplice. J'aurais voulu pouvoir
arrêter le soleil comme Josué; si j'avais pu disparaître sans m'enfuir, me retrouver subitement dans
les jupes de ma mère, dans les bras de tante sœur
Marie, quel immense soulagement! Je demandais
à Dieu, que j'allais offenser par cette idiote bataille,

de m'enlever de ce monde avant qu'elle eût lieu. Je n'avais aucun doute sur l'issue du combat, je n'étais pas de force à lutter avec le Jaguar. J'ai oublié de vous dire que, depuis son équipée avec son maître, son ascension dans le grand orme et sa rentrée chez lui par la fenêtre du second, c'était ainsi qu'on le nommait. Il allait m'assommer, me dévorer; justement on le disait de race cannibale; s'il allait me défigurer, me couper le nez avec ses dents blanches? je ne pouvais pourtant pas me défendre de la même façon à mon tour; non, c'était impossible! Et puis des éclairs de calme se faisaient dans mon cerveau.

« Un nègre de la race de Cham, me disais-je, ne peut pas raisonner comme un blanc. Il a bien ses raisons de me détester, le Jaguar; je suis presque toujours le premier, et pourtant il travaille plus que moi. Il peut croire que M. Dulong n'est pas toujours juste, et qu'à cause de sa couleur il le juge plus sévèrement que d'autres. S'il a de ces idées-là, je comprends son animosité contre moi, — et pourtant je ne pouvais pas lui céder le tabouret, alors que le professeur m'avait ordonné de le lui garder. »

« Cependant c'était absurde de se battre, de se

faire du mal ou d'en faire à un autre pour cela.
Quand il serait dix fois le plus fort à coups de
poing, et il le sera, est-ce que ses versions, est-ce
que ses compositions seront meilleures que les
miennes pour cela ? Cela ne le fera pas être le
premier plus souvent, sa méchanceté. Est-ce qu'il
n'aurait pas mieux fait, s'il a des doutes, de s'expliquer avec M. Dulong que cela regarde plus que
moi ? D'abord, s'il doit me frapper à la figure,
j'aime mieux mourir ; papa me l'a dit : c'est sacré,
le visage humain. Je ne dois pas supporter un coup
sur la figure, je ne le supporterai pas, je serais dés-
honoré. »

« Et j'en revenais au motif de la querelle.

« Est-ce que c'est ma faute à moi ? est-ce que
j'ai jamais rien fait pour que le tabouret fût à côté
de moi plus qu'à côté de lui, excepté ce matin, et
ce matin c'était par ordre formel ?

« Jaloux, pourquoi est-il jaloux ? Il est noir et je
suis blanc, mais ce n'est pas de cela qu'il est jaloux ;
il est bien trop fier d'être ce qu'il est, fils de roi et
très riche ! Il ne nous regarde que du haut de sa
grandeur. Il est le plus heureux du collège ; qu'est-
ce qui lui manque ?

« Jaloux de mes places ! mais il sait tant de choses et de si précieuses que j'ignore : l'anglais, l'allemand, la langue de son pays, sans compter le français, notre langue à nous, qu'il parle et qu'il écrit aussi bien qu'aucun de nous. On dit même qu'il joue étonnamment du violon, qu'il a des talents d'agrément. Est-ce que je sais tout cela, moi ? et pourtant je ne suis pas jaloux. Si M. Dulong me montre de l'amitié, c'est que mon caractère lui va ; c'est aussi parce que je travaille de la façon qu'il veut, que j'écoute ses conseils et ses leçons, sans rager quand il me montre que j'ai fait une sottise. Je n'ai jamais fait que mon devoir pour la mériter, cette amitié. »

« Mais bientôt des moments de défaillance succédaient : « Être le plus faible et être attaqué par un plus fort, sans raison, c'est monstrueux ! Mon Dieu ! mon Dieu ! comment permettez-vous ces choses-là ? » Une autre crainte, la plus terrible de toutes, m'envahit à un moment donné. Subitement, une sueur froide me mouilla le front. « Si j'allais être lâche ! ! m'étais-je dit, ne pas même oser me défendre, que dirait mon père de son petit Jacques ? Il aurait honte de lui. Il me renierait... Non, cela

ne sera pas, on ne verra pas que j'ai peur, — quoique j'aie bien peur. »

« J'en étais là de mes réflexions ; la cloche sonna,
la classe était finie. Comme toujours, M. Dulong
sortit le premier pour voir défiler les élèves. Il n'y
avait plus à reculer...

« Comment cela se fit-il ? un *sursum corda* évo-
qué par le souvenir de mon père me redressa soudain. Le sort en était jeté ; sans attendre son attaque, je m'élançai sur mon adversaire. Je le
trouvai à mi-chemin. Il venait à moi le poing levé,
grinçant des dents, effrayant. N'importe, je fondis
sur lui, je le saisis à bras le corps, je l'enlevai de
terre. En un tour de main, et je ne sais par quel
miracle, je l'avais renversé, j'étais sur lui, à cheval, et, lui tenant les deux bras dans mes poi-
gnets crispés, je lui rendais tout mouvement impossible.

« On avait fait cercle autour de nous. Toute la
classe criait : « Bravo, Jacques ! » Le Jaguar écu-
mait, il rugissait. Mais comment m'y étais-je pris ?
Il ne pouvait remuer ni pied ni aile ; cramponné sur
lui des pieds, des jambes et des mains, il était réduit
à néant. Sa rage impuissante ne se trahissait que par

XIV

TOUTE LA CLASSE CRIAIT : « BRAVO JACQUES ».

des cris entrecoupés de paroles furibondes dans un langage inconnu.

« — Il est vaincu ! le Jaguar est vaincu ! » criaient nos camarades, à la fois enchantés et stupéfaits d'un résultat si peu prévu.

« — Tu es vaincu, avoue-le, lui soufflaient ceux qui avaient gardé quelque calme.

« — Non, non ! répondait-il avec fureur.

« — Si tu avoues que tu es vaincu, lui répétait-on, Jacques te lâchera, ce sera fini.

« — Non, hurlait-il, je le tuerai. »

« Chose bien particulière, d'être vainqueur cela m'épouvantait. « S'il se relève, me disais-je, tant j'étais convaincu, malgré mon triomphe, de l'immense supériorité de ses forces sur les miennes, s'il se relève, je suis perdu, c'est fait de moi. » Et, si je ne le lâchais pas, c'est que je n'osais pas.

« Je ne renie pas ce sentiment. A vrai dire, je souhaiterais à tous les vainqueurs de se rendre compte, aussi bien que mon ingénuité d'alors le faisait, des dangers inhérents à tout triomphe. Cela les détournerait peut-être d'en abuser. Tout vainqueur devrait y songer : il est quelque chose de cent fois plus implacable que la victoire ; c'est la défaite, car

elle crée des droits formidables au vaincu contre le
vainqueur qui n'a pas su se mesurer les résultats à
atteindre. Rien n'est plus légitime, rien n'est plus
inéluctable, rien n'est plus inextinguible, que la soif
d'une juste revanche dans le cœur de l'opprimé.
On peut s'endormir dans le succès, on ne s'endort
jamais dans la défaite.

« Suffoqué de fureur, mon adversaire ne disait
plus rien; il était vaincu, il le sentait bien; mais il
était clair que le mot, que cet aveu : « Je suis
vaincu, » ne sortirait pas de ses lèvres.

« Bah ! me dis-je, arrive que pourra, je vais le
lâcher. » Je n'avais pas eu le temps de mettre ce
bon propos à exécution, le Jaguar n'avait par conséquent pas pu soupçonner l'idée de clémence à
laquelle j'allais céder, quand je reçus par derrière,
je ne dirai pas des coups, mais comme une averse
de taloches qui m'étaient appliquées sur les oreilles
avec une vivacité, une rapidité prodigieuses; presque
en même temps, deux mains puissantes m'enlevaient
de terre comme une plume et me secouaient éner-
giquement dans l'intention évidente de me séparer
de mon nègre. Mes bras, raidis autour de son corps,
le tenaient si bien que l'opérateur mystérieux que

la Providence venait de susciter en sa faveur l'avait, en m'enlevant, enlevé avec moi. Suspendu à quelques pieds du sol, secoué comme un prunier par deux poignes vigoureuses, je finis par lâcher prise. Le Jaguar retomba droit sur ses pieds, et, souple comme il l'était, se glissant jusqu'à la porte, à travers les élèves ébahis, il disparut.

VIII

« Quant à moi, resté au pouvoir de la puissance, de moi encore inconnue, qui avait, en m'arrachant mon adversaire, mis fin au combat, je ne me rendis compte qu'alors, d'une part, que j'étais prisonnier, et de l'autre, que, vaincu à mon tour, j'étais, par un retour des choses d'ici-bas, à la merci d'une force supérieure.

« Je croyais fermement à l'intervention du professeur particulier de mon adversaire, venant défendre son élève. Elle me paraissait légitime et toute naturelle. Quel ne fut pas mon étonnement, quand, celui qui me tenait m'ayant retourné sans pour cela se dessaisir de ma petite personne, je me trouvai subitement face à face avec le visage irrité de M. Dulong, de notre professeur à nous ! M. Du-

long, car c'était lui, ne voyant pas sortir les élèves
de la classe, et la classe se vider aussi vite qu'à
l'ordinaire, s'était douté que quelque chose d'anormal
se passait, et il avait, par un retour offensif, surgi à
point pour mettre fin à la lutte.

« — Je ne vous savais pas si rageur, monsieur
Jacques, me dit-il; m'expliquerez-vous les motifs
de votre acharnement contre ce malheureux?

« — C'est impossible, lui dis-je, monsieur Dulong.
Je ne le peux pas.

« — En êtes-vous bien sûr? reprit-il d'un ton
ultra-sévère qu'il n'avait jamais pris avec moi.

« — J'en suis bien sûr, » lui dis-je, les yeux pleins
de larmes.

« Comment lui raconter, lui expliquer en effet
que je venais de me battre pour lui, et qu'il venait
de talocher, en ma personne, son propre champion?

« — J'en suis fâché pour vous, monsieur Jacques,
reprit-il, et, puisque vous semblez le préférer,
vous serez en retenue aux deux prochaines sorties,
et, pour occuper vos loisirs, vous me copierez les
cinq cents premiers vers du second chant de
l'*Énéide.* »

« Ainsi j'avais, pour lui, passé par les transes

que je vous ai décrites, et j'y avais gagné les seules taloches qu'il eût jamais infligées à un élève, deux retenues, le premier pensum qu'il fût encore à me donner, et de plus j'y avais perdu son amitié. Contrairement à l'adage, c'était le vainqueur qui avait à payer l'amende.

« Néanmoins, je fus assez juste pour ne pas en vouloir à M. Dulong.

« Les apparences étaient contre moi, tout me donnait tort à ses yeux. Il n'avait fait en somme vis-à-vis de moi, dans la circonstance donnée, que ce qu'il pouvait et devait faire.

« Pour le dire en passant, ce ne fut que vingt ans après qu'étant devenu son ami, malgré la différence de nos âges, et ce souvenir de ma bataille avec le Jaguar lui étant un jour par hasard revenu, ce ne fut qu'alors que, sur son désir, je lui en donnai le secret.

« — Pauvre petit Jacques ! me dit-il, moi qui m'étais imaginé que le mépris du blanc pour le noir, de l'homme libre pour l'esclave, que le préjugé, pour tout dire, vous avait fait marcher en guerre contre ce spécimen d'une race déchue ! Et voilà comment le vraisemblable est souvent le contraire du vrai. »

« Mais revenons au collège : qu'était devenu mon adversaire ?

« Depuis quinze jours, il avait obstinément refusé de descendre de sa chambre ; pendant trois jours, il avait refusé toute nourriture et n'avait pas prononcé une parole. Il ne voulait pas survivre à son humiliation, paraît-il, et déclarait qu'il ne reparaîtrait en classe que quand il aurait pris sur moi une éclatante revanche. S'il n'avait eu que son dépit, que son chagrin, j'aurais demandé la permission d'aller le trouver. Cela m'attendrissait de le savoir si malheureux. Mais quoi, on aurait dit et il aurait pensé lui-même que c'était par crainte de ses menaces que j'allais à lui, que c'était pour en prévenir l'effet que je voulais le voir ; le point d'honneur, qu'on prend si souvent pour l'honneur tout entier, m'empêcha de céder à cette bonne inspiration. Je ne bougeai pas.

« Et puis, il faut bien croire qu'il n'est que le premier pas qui coûte ; quoique je ne tinsse pas du tout à recommencer, le premier combat m'avait aguerri. Je m'étais rendu compte que ce grand corps si agile n'était pas plus d'acier que le mien, que d'ailleurs, à la bataille, tout n'est souvent

qu'heur et malheur, et je vivais dans l'attente d'un
retour offensif, sans le désirer, j'étais, pour cela,
d'humeur bien trop pacifique, mais sans en perdre
le boire et le manger.

« Une troisième semaine s'écoula, puis une quatrième ; les enfants oublient comme les hommes.
— On ne parlait presque plus du Jaguar. Dans la
classe, les choses avaient peu à peu repris leur
train accoutumé. — J'avais subi mes deux retenues
avec une résignation assez philosophique, je les
avais employées à copier tout doucement mes cinq
cents vers du deuxième livre de l'*Énéide*, à partir
de :

Infandum, regina, jubes renovare dolorem.

Après quoi je les avais remis à M. Dulong.

« — C'est proprement écrit, pour un pensum,
m'avait-il dit ; vous avez eu raison, monsieur
Jacques, il faut tout savoir faire avec conscience,
même ses punitions. »

« Mais le ton de ce *monsieur Jacques* était
radouci. Tout aurait bien été, si j'avais pu m'habi-
tuer à voir, sans une sorte de remords, la place
toujours vide de mon adversaire. Je ne pouvais

m'empêcher de le plaindre dans le secret de mon cœur. Je le trouvais très malheureux d'être si orgueilleux et si entêté.

« Quel' tort cela doit faire à ses études, me disais-je, quatre compositions manquées, lui qui attendait avec tant d'impatience la lecture des places ! Comme il doit en souffrir ! » Caractère à part, c'était un élève modèle ; je sentais que pour moi c'était un sujet d'émulation regrettable. Quant aux autres, c'était plutôt au point de vue pittoresque qu'ils se rappelaient de loin en loin que sa figure noire n'attirait plus leurs regards. On commençait à dire sérieusement qu'il allait quitter la maison, retourner en Afrique et monter sur le trône de son père, que des démêlés avec des voisins puissants forçaient d'abdiquer en sa faveur.

« Deux ou trois compétiteurs, tablant sur cette donnée, pensaient même déjà à le remplacer près du poêle, quand un beau matin, en ouvrant mon pupitre, j'y trouvai une surprise qui mettait à néant tous ces bruits.

« Sur une grande feuille de papier, qui y avait été placée bien en évidence par une main qui n'était pas la mienne, quatre ou cinq lignes avaient été tracées de façon à frapper ma vue. A la grosseur des lettres, à leur fermeté, je les reconnus aussitôt pour être de la grande écriture du Jaguar ; c'est, dit-on, comme une tradition pour les rois et fils de rois qu'ils doivent écrire très en gros.

« Ces quelques lignes, je les lus avidement.

« Cela ne peut pas durer plus longtemps, me
« disait-il, j'ai à te parler. Je suis sûr que nous pour-
« rons nous entendre et qu'au premier mot tu seras
« de mon avis, qu'il faut en finir. Arrange-toi pour
« te trouver ce soir, à huit heures précises, dans la
« petite cour à côté du réfectoire. Il fera très nuit.
« On ne nous verra pas ; mais tu me trouveras dans
« le coin de droite, celui que le réverbère n'éclaire
« presque pas.

« Ne le dis à personne. »

« A la bonne heure, pensai-je, c'est d'un brave garçon, et il n'est pas aussi têtu qu'il en a l'air. Ces trente jours de retraite l'ont amené à comprendre que sa bouderie ne peut pas être éternelle. Il veut en sortir par la seule issue raisonnable qu'elle puisse avoir ; il ne veut rentrer en classe que raccommodé avec moi, c'est bien à lui. J'aurais dû céder à l'envie

que j'ai eue il y a quelques jours de l'y aider. J'irai
à son rendez-vous, je demanderai à sortir au maître
d'études à huit heures moins cinq minutes, et,
comme cela, tout enfin s'arrangera.

IX

« Je sentis, au plaisir que me faisait la perspec-
tive de ce dénouement prochain, que je n'étais pas
aussi indifférent que je l'avais cru à la persistance
de cette première inimitié. Être haï n'était pas plus
mon affaire que de haïr. Je me promis donc d'être
très conciliant, et de faire au besoin à son amour-
propre la part aussi belle qu'il pouvait le souhaiter.
La journée se passa pour moi dans des rêves de
réconciliation.

« Cela lui fera du bien, me disais-je, à ce pauvre
garçon, que la crainte d'être repoussé a peut-être
seule empêché d'essayer de se lier avec aucun de
nous, cela lui fera certainement du bien de trouver
enfin un ami. Il verra que c'est bon d'être deux. »

« L'étude du soir était venue. Elle commençait à

sept heures et demie. Dans la demi-heure qui devait
précéder notre rendez-vous, j'avais plus de dix fois,
dans mon impatience, regardé l'heure à ma montre.

« Pourvu, me disais-je, qu'à huit heures moins
cinq un autre n'aille pas demander à sortir avant
moi ! Je ne veux pas le faire attendre, cette démar-
che a dû lui coûter, il doit être inquiet, je tiens à
être exact. »

« A huit heures moins cinq, personne heureusement ne m'avait devancé. Le surveillant me donna la
permission que je lui demandais ; — me voilà dehors.
Pour n'être pas vu, je me glissai contre les murs,
comme si j'avais à me cacher d'un mauvais dessein.

« Huit heures sonnaient à la grande horloge du
pavillon, quand j'entrai dans la petite cour. C'était
parfait. Il ne pourrait pas penser que je m'étais
fait tirer l'oreille pour répondre à son appel.

« — Es-tu là ? dis-je à mi-voix, car il ne fallait
être entendu que de lui.

« — J'y suis, me répondit-il sur le même ton.
Viens par ici. Je t'ai dit : le coin à droite. Tu as
bien fait de venir.

« — Et toi, tu as bien fait de m'appeler, » lui
répondis-je.

« Guidé par sa voix, j'arrivai à lui. Sans doute, il tendait la main de mon côté pour me conduire, ma main rencontra la sienne. Je remarquai à part moi que ce n'était pas chaud, la main d'un nègre. « Mais il est si frileux ! » pensai-je.

« Nous étions en présence.

« — Tiens, me dit-il sans plus de préambule, en m'offrant quelque chose : voilà un couteau ; je l'ai acheté pour toi. Il est absolument pareil au mien, je te le donne.

« — Merci, lui dis-je, un peu surpris. Il a l'air très beau, ton couteau, mais j'en ai déjà un que l'oncle Antoine m'avait donné aux dernières vacances, et qui me suffisait.

« — Oh ! me répondit-il, le tien n'aurait pas été pareil au mien, et je voulais que tu eusses le pareil ; — ouvre-le, tu vas voir. »

« En même temps il ouvrait le sien, et, l'approchant de celui qu'il venait de me donner, et que j'avais ouvert pour céder à son envie de me permettre de les comparer, il les plaça tous les deux dans le rayon de lumière que projetait, jusque dans notre ombre, la lueur du réverbère.

« — Tu vois, ajouta-t-il, c'est tout à fait la même

chose. Si cependant tu préfères le mien, prends-le, ça m'est égal. »

« Et, avec une vivacité singulière, il opéra dans ma main l'échange des deux couteaux.

« — Fais donc attention, lui dis-je, en le voyant les prendre par la lame, tu vas te couper. »

« Ce don d'un couteau comme gage de paix m'étonnait beaucoup.

« Après ça, pensai-je, c'est probablement un usage de son pays, les sauvages font grand cas des couteaux; » et, me rappelant les calumets des Natchez de Chateaubriand : « Au fait, à notre âge, on ne peut pas encore s'offrir des pipes. »

« Trouvant toutefois que c'était assez de temps donné à cet épisode des couteaux pour le peu de minutes dont le prétexte donné à mon absence de l'étude me permettait de disposer :

« — Tu sais, lui dis-je, que je ne puis pas rester longtemps; causons un peu, non de ce qui s'est passé, c'est oublié, mais de l'avenir, de ta rentrée.

« — C'est inutile de causer, me répondit-il brusquement. Le principal est fait. Tu as ton couteau, j'ai le mien. Nos armes sont égales. L'autre fois, nous nous sommes battus comme des écoliers; cette fois, nous allons nous battre comme des hommes. Mets-toi en garde comme si nos couteaux étaient des épées. Une ! deux ! trois ! le signal est donné. Défends-toi... »

« Je n'avais pas eu le temps de le comprendre, de dire un mot, de faire un geste, d'avancer ou de reculer d'un pas ; je n'avais encore que la perception vague de l'énorme quiproquo qui nous séparait, que, comme une jeune bête fauve qu'il était, et me croyant suffisamment averti sans doute, le Jaguar, et cette fois il méritait son surnom, s'était à corps perdu précipité sur moi le couteau à la main, m'en avait, de toute la force de son élan, porté un coup violent en pleine poitrine... et avait, soudain, poussé un tel cri, un cri de détresse si déchirant, qu'au lieu de penser à moi, qui étais en droit de me croire mort, je n'avais pu penser qu'à lui.

« C'est moi qui venais d'être frappé, et c'était mon meurtrier qui criait ! Que s'était-il passé ?

« Je ne pus m'en rendre compte qu'en allant à lui.

« Le dos appuyé contre le mur, le visage contracté par une indicible souffrance, le malheureux,

XV

LE PAUVRE DIABLE ME MONTRAIT SON POUCE.

rendu par la douleur à sa nature d'enfant, tendait vers moi une main suppliante et pantelante, une main couverte de sang, celle même avec laquelle il m'avait frappé.

« Au lieu d'obéir à sa destination et de pénétrer dans ma poitrine, la lame de ce fameux couteau, heureusement pour moi, mal dirigée par l'aveugle furie du Juguar, s'était, en portant à faux contre un bouton de mon habit de collégien, refermée violemment sur le pouce même de mon agresseur, et, le ressort étant neuf, il en était résulté une entaille véritablement effroyable. Toute la première phalange de l'articulation entre le pouce et l'index était profondément entamée. Le couteau qui aurait dû me tuer avait formé ciseau et était resté là, creusant de plus en plus dans la plaie.

« Le sang jaillissait comme si une artère, une veine avait été tranchée. Le pauvre diable, affolé par la douleur, me montrait son pouce pour que je le délivrasse de la morsure de la lame, qui, entrée dans l'os, s'y était en quelque sorte incrustée. Cependant, par un effort au-dessus de son âge, comprenant vite le danger des cris, sa volonté était parvenue à dominer sa souffrance. Je ne devais

plus l'entendre proférer même une plainte. En vrai
sauvage, il subissait son supplice sans mot dire.

« Nous nous étions rapprochés du réverbère.
J'accomplis, très ému, mon rôle d'infirmier. Après
l'avoir, non sans peine, débarrassé du couteau, me
souvenant à point de ce que j'avais vu faire souvent
à tante Marie, je déchirai en bandes mon mouchoir,
puis le sien, et je le pansai de mon mieux.

« Quand ce fut fait, cédant à un mouvement de
pitié et peut-être aussi à une sorte de sentiment
d'admiration pour son impassibilité, j'approchai sa
pauvre figure de la mienne et je l'embrassai.

« — Oh ! » me dit-il...

« Je voulais le conduire à l'infirmerie. Il s'y
refusa :

« — On saurait tout, il faut qu'on ne sache rien. »

« Il réfléchit un instant.

« — Reconduis-moi, ajouta-t-il, jusqu'à la porte
de ma chambre. Celui que vous appelez mon pré-
cepteur me soignera : c'est mon médecin. »

« Nous avions bien une centaine de pas à faire.
Trois ou quatre fois, je crus qu'en dépit de son
énergie il allait défaillir. Arrivés au perron, je me
dis que nous ne parviendrions jamais à monter les

deux étages qui nous séparaient encore de sa chambre ; mais, aux quatre ou cinq dernières marches,
je le décidai à m'entourer le cou de son bras valide,
je l'étreignis alors par la taille et je vins à bout de
le hisser jusqu'à son palier. Une fois là, il se laissa
tomber sur un coffre à bois. Je voulus frapper à sa
porte, pour aller prévenir moi-même son maître, son
médecin. Il s'y opposa, et, puisqu'il l'exigeait,
j'allais le quitter lorsque, saisissant la main que je
lui tendais en signe d'adieu, il la porta à ses lèvres.

« — Quand je pense, me dit-il, que je voulais te
tuer ! tiens, si un homme de mon pays avait été à ta
place, au lieu de faire ce que tu as fait, au lieu de
m'embrasser, il m'aurait achevé. Vous valez mieux
que nous. Je ne devrais pas retourner parmi les
miens. Cependant, ici, qu'est-ce que je ferais ? je
n'y serais jamais qu'un sauvage : un noir parmi les
blancs... »

« Il s'était mis à pleurer, tout en me faisant de
la main signe de m'en aller.

« Je descendis lentement ; je voulais, avant de
l'abandonner tout à fait, être sûr qu'il pourrait ouvrir
sa porte. Je ne quittai le pavillon qu'après l'avoir
entendue se refermer sur lui.

17

« Ces blessures au pouce sont, paraît-il, très dangereuses...

— Elles peuvent être mortelles, dit le docteur : la blessure d'un tendon amène une inflammation violente, la rétraction du pouce, et, après deux mois de maladie, une infirmité incurable. Ceci, c'est le moins ; dans une seconde hypothèse, la plaie de l'articulation est suivie de frissons, de délire ; on peut mourir en vingt ou vingt-deux jours.

X

— Pendant deux mois, reprit le général, on le crut perdu. Il n'était qu'infirme, mais pour la vie.

« On essaya de donner le change sur son aventure, mais il en transpira quelque chose. Je n'avais pas pris garde que j'étais rentré à l'étude couvert de sang. Le surveillant d'abord, mes camarades ensuite me questionnèrent. Je me bornai à répondre que j'avais rencontré le Jaguar dans la cour, au moment où il venait de se blesser avec son couteau. On en crut ce qu'on voulut. Le lendemain je fis la même réponse à l'interrogatoire du proviseur et même à celui de M. Dulong.

« Le pauvre garçon me fit appeler plusieurs fois. A la fin de chacune de mes visites, il me demandait pardon, comme si j'eusse pu songer à le lui refuser.

Il s'attacha à moi avec une passion égale à la haine qu'il m'avait d'abord portée.

« — Ah ! me disait-il, que ne puis-je, comme les serpents, faire peau neuve ! Si je cessais d'être noir, si je devenais blanc, tu m'aimerais mieux. Dis-moi la vérité ! à première vue, c'est quelque chose entre l'horreur et le dégoût que nous vous inspirons !

« — Tu te trompes, c'est tout au plus de la surprise.

« — Non, me répondait-il tristement, c'est pis que cela ! »

« La vérité est qu'à l'époque dont je parle, antérieure à la multiplication des chemins de fer qui ont rapproché les pays et les races, le nègre était en France un objet rare. Le Jaguar était le premier spécimen de sa race que moi et la plupart de nos camarades eussions vu, et notre collège était le seul collège de Paris qui eût à présenter un nègre au concours. Les préjugés étaient plus grands aussi. Au fond, le pauvre petit blessé n'avait pas tout à fait tort.

« J'avais pris l'habitude, chaque fois que je le quittais, de l'embrasser. Je lui fis remarquer un jour qu'il ne m'avait jamais, lui, rendu cette marque d'amitié.

« — Tu ne sais que trop pourquoi je ne l'ai pas fait, me dit-il.

« — En vérité, non, je ne le sais pas...

« — Ah ! me dit-il avec une soudaine véhémence, c'est que je ne le mérite pas, c'est que je ne le dois pas. Après tout ce que j'ai fait contre toi, tu ne pourrais pas croire à ma sincérité.

« — Mais, mon cher ami, j'y croirais comme à la mienne même. Élevé autrement que nous, tu as des idées, des habitudes, des points de départ d'esprit forcément très à part des nôtres sur bien des points ; mais, dans ce que tu as fait de pire contre moi, si c'est de la rectitude de tes idées que j'ai pu douter, cela n'a jamais été de ta loyauté.

« — Alors, vrai, vrai, tu veux bien que je t'embrasse ?

« — Si je le veux ! lui répondis-je en lui ouvrant les bras...

« — Ah ! que je suis content ! me criait-il, je n'ai jamais été si heureux. Pour la première fois je sens que je suis vraiment pardonné. Mais comme cela fait du mal d'être jaloux... »

« Être jaloux, c'était là, en effet, sa grande maladie. Aussi ne saurais-je vous dire quel fut son étonnement quand, tout de suite après cette petite scène, il vit entrer M. Dulong.

« A ma prière, M. Dulong avait consenti, et bien volontiers, à venir le voir. M. Dulong n'avait pas eu besoin de moi, je le suppose, pour deviner la plaie secrète de ce cœur étrange. Il lui dit en quelques mots l'estime qu'il avait toujours eue pour son intelligence et pour son application, et le cas qu'il faisait de la ferme envie qu'il avait sentie en lui de se faire l'égal des meilleurs élèves pour reporter ensuite dans son pays les fruits d'une éducation européenne. Il lui fit entendre que l'exemple de son zèle manquait à la classe, et qu'il serait heureux de le voir bientôt en état d'y reprendre sa place et son rang. Enfin, il ne le quitta qu'après l'avoir embrassé, lui aussi.

« Le Jaguar était à la fois radieux et confus.

« Quand M. Dulong fut parti :

« — Jacques, me dit-il, c'est toi, oui, c'est toi qui as prié M. Dulong de me faire entendre toutes ces bonnes paroles...

« — Non, lui dis-je, et c'était vrai, non, M. Dulong s'est tous les jours informé de tes nouvelles. Il a dit tout haut dans la classe, et à plusieurs reprises, ce qu'il vient de te dire à toi-même.

« — Ah! me répondit le brave enfant, cette visite m'a guéri, — toutes mes blessures sont fermées, je veux être bientôt en état de rentrer dans le rang, et à l'avenir, Jacques, je te le promets, je serai fier d'être le second dans une classe où tu seras le premier. »

XI

A ce moment du récit de notre général, un mouvement se fit à une des extrémités de la tente ; un des jeunes officiers dont on disait que, de retour à Alger, ils auraient une rencontre, se leva et, allant droit à son ancien ami qui, blessé légèrement à la jambe, était couché plutôt qu'assis sur un divan très bas, placé à l'extrémité opposée de la tente, il se baissa et l'embrassa.

« J'avais tort, lui dit-il, mon cher Paul, tort comme ce jeune sauvage dont nous venons d'entendre l'histoire, et sans avoir l'excuse d'être né comme lui dans un pays barbare.

— Charles, Charles, lui dit Paul ravi de retrouver l'ami qu'il croyait avoir perdu, aide-moi à me relever ; je veux te rendre bien vite ce bon baiser-là. »

Quand ils furent debout tous les deux, et après avoir échangé une de ces bonnes et vives embrassades qui sont peut-être plus chaudes sous la tente et entre militaires qu'elles ne pourraient l'être partout ailleurs et entre civils, les deux jeunes gens s'inclinèrent simultanément vers le général, et le lieutenant Charles lui dit :

« C'est affaire à vous, mon général, que vos histoires d'enfants puissent servir de leçon aux hommes. Le récit de vos deux duels de collégien vient de m'épargner une faute que je ne me serais pardonnée de ma vie, et de me donner une joie dont j'aurais peut-être sans vous ignoré à jamais la douceur, celle de pouvoir dire devant tous à un ami que j'étais dans mon tort envers lui et de le prier de vouloir bien l'oublier...

— Bravo, Charles, s'écria le docteur ! Bravo ! s'écrièrent tous les assistants, à la bonne heure, voilà une affaire bien finie. »

Le général s'était levé à son tour ; il tendit ses deux mains aux deux réconciliés.

« J'ai plus qu'une approbation à vous donner, leur dit-il, j'ai à vous remercier d'avoir compris que

l'histoire de mes premières batailles était un peu à
votre adresse.

— Hé quoi ! mon général, vous saviez donc?...

— Ce qu'on sait le mieux, reprit le général, c'est
souvent ce qu'on n'a pas appris. Je ne savais rien,
sinon que, l'autre soir, au passage de cette maudite
rivière qui nous a coûté trente hommes, il y avait
un poste difficile, périlleux entre tous, que vous
étiez en droit égal de désirer tous les deux, — et
que, n'ayant pu le donner qu'à un seul, puisqu'il n'y
en avait qu'un, — l'un de vous était mécontent.
Que pouvais-je faire cependant? — Quand on n'a
qu'un tabouret à placer, on ne peut le placer partout
à la fois.

— C'est pourtant vrai, dit Charles. Hélas! hélas !
mon pauvre Paul, j'ai été rudement jaloux de toi
pendant quarante-huit heures. Encore un peu, et
vous auriez pu, moi aussi, m'appeler : « le Jaguar. »

Et comme le général, content de sa matinée,
faisait signe que la séance était levée :

« Mon général, mon général, dit le capitaine
Robert que le général poussait tout doucement du
côté de la porte par les épaules, sachant bien que,
quand celui-là serait parti, personne ne resterait,

mon général, je m'étais attaché au Jaguar pour le Jaguar lui-même, et, si l'épisode de tout à l'heure nous en a très heureusement distraits un instant, ce n'est pas une raison pour que vous nous laissiez dans l'incertitude sur la fin de son histoire. Qu'est-ce qu'il est devenu finalement, cet endiablé petit nègre, et d'abord son pouce?

— Il n'a jamais pu s'en resservir, dit le général. Il en a eu, le malheureux, pour toute sa vie à se souvenir du coup de couteau qu'il avait voulu me donner; — mais c'était un garçon de ressource, et bientôt il était parvenu à écrire et même à jouer du violon de la main gauche. C'était pour lui le principal. Il ne put rentrer en classe qu'au bout de trois mois; mais, travaillant, c'est le cas de le dire, comme un nègre, il parvint à rattraper le temps perdu et eut autant de prix que moi à la fin de l'année. Les vacances venues, nous nous séparâmes les larmes aux yeux; mais, à la rentrée, j'eus le chagrin de ne pas le retrouver. Il avait été rappelé dans son pays. A mon grand regret, je n'ai jamais eu depuis de ses nouvelles, et cela m'a donné à penser qu'il lui était arrivé malheur. Vivant, j'en suis sûr, il m'eût écrit.

— Alors, dit le capitaine Robert désappointé, vous n'avez pas même su s'il était remonté sur le trône de ses pères?

— Je n'ai même jamais su, répondit le général, si, au vrai, ses pères avaient jamais eu un trône, et si ce fameux trône qu'on lui attribuait au collège était autre chose qu'une légende.

— J'en suis fâché, dit Robert en s'en allant. Ce petit gaillard-là aurait pu faire un joli monarque pour des nègres. »

QUATRIÈME RÉCIT

QUATRIÈME RECIT

LA PLUS GRANDE PEUR DE MON GÉNÉRAL

I

Quelques années s'étaient écoulées ; nos régiments avaient quitté l'Algérie. Le général, grièvement blessé dans la funeste guerre de 1871, avait dû renoncer au service actif. Tout entier à la réorganisation si nécessaire de notre armée, ses fonctions nouvelles lui permettaient cependant d'habiter tout près de Paris, dans une de ces jolies petites propriétés qui font la gloire de notre banlieue. Par un hasard assez rare dans la vie militaire, il avait pu réunir un jour, et presque au complet, le petit groupe de ceux de ses compagnons d'armes et de ses amis d'Algérie, avec qui le lecteur a fait connaissance dans les trois récits qui précèdent.

Mais, cette fois, le général ne nous recevait plus en garçon. Il s'était marié, et voulait nous présenter à sa femme. Elle était charmante, sa femme. Cette union était de celles qui tendraient à prouver que les mariages tardifs ne sont pas toujours des folies. La femme de notre cher général n'était pas une de ces jeunes personnes qui épousent un général à l'âge où l'on devrait épouser un lieutenant, non, à l'en croire, c'était une vieille femme ; mais, à la voir, c'était une de ces femmes auxquelles, par une faveur bien rare du sort, il est donné de ne jamais vieillir. On me permettra de remarquer, en passant, que, si cette faveur du sort est rare, c'est peut-être parce qu'elle s'adresse d'ordinaire aux meilleures.

Les natures droites et bien équilibrées ont moins peur du temps que les autres, et, si le temps les respecte davantage, ce n'est que justice. Mme X*** était une de ces natures-là. La distinction et l'élégance de tout son être, la bonne grâce de ses moindres mouvements, l'intelligente bonté de son regard, le timbre si juste de sa voix, tout cela avait, en effet, pu et dû défier les années. On lui aurait donné de dix à quinze ans de moins qu'à son mari. Elle était veuve quand le général l'épousa.

On racontait... mais le récit même du général nous dira mieux tout à l'heure que je ne saurais le faire ce que l'on racontait.

Ce fut après un dîner très aimablement présidé par notre gracieuse hôtesse, et pendant lequel son mari lui avait fait connaître ses convives, en rappelant les souvenirs qui l'attachaient à chacun d'eux, ce fut, dis-je, après le dessert que, sur notre prière à tous, le général nous fit le récit de ce qu'il appelait sa quatrième et sa plus grande peur.

II

« Oui, nous dit-il, les peurs dont je vous ai parlé
dans mes trois premiers récits n'étaient que des
peurs pour rire en comparaison de celle que j'ai à
vous confesser aujourd'hui. Ma peur des ténèbres,
ma peur de l'eau, ma peur des coups, de ceux qu'il
s'agit de donner aussi bien que de ceux qu'il s'agit
de recevoir, n'étaient, à tout prendre, que des peurs
d'enfant ; elles étaient communes à beaucoup d'autres, et le temps et l'expérience ne m'en ont laissé
que ce qu'il est permis même à un général d'en
garder ; mais ma quatrième peur, celle dont il me
reste à vous faire l'aveu, rien n'a pu m'en corriger
tout à fait, et, à l'âge que j'ai, si je parviens, à l'occasion, à la dissimuler, il n'en est pas moins vrai que
je l'éprouve encore. Même à présent, lorsque l'objet,

lorsque l'être qui peut me la causer, venant à m'apparaître, je suis mis en demeure de lui faire face, ce n'est pas sans de secrètes terreurs que je viens à bout, je ne dirai pas de me comporter honorablement, mais de cacher les effroyables battements de mon cœur, et, pour tout dire, de ne pas tourner les talons.

« Je ne vous le donnerai pas à deviner, je le proposerais en mille à tous les braves et à tous les poltrons dont se composent toutes les armées de la terre, qu'aucun, je crois, ne me dirait : « C'est cela. »

— Vous nous piquez au jeu, mon général, dit l'ex-capitaine Robert, devenu le lieutenant-colonel Robert ; laissez-nous donc essayer...

— Soit, dit notre hôte. Si j'étais deviné, je pourrais du moins espérer n'avoir pas été le seul de mon espèce.

— Le général s'évanouit peut-être à la vue d'une araignée, dit négligemment le docteur...

— Non, répondit du même ton le général.

— Un brave pourrait, sans se déshonorer, reculer devant un crapaud, dit un autre ; la vue de la laideur, poussée jusqu'au dégoût, ne constitue pas une sensation agréable.

— Je n'adore pas les crapauds, dit le général, mais je puis, sans pâlir, affronter leur rencontre. »

Les questions alors se succédèrent.

« Je parie que le général a peur des chenilles?

— Non.

— Des couleuvres? des guêpes? des chats? des souris? des hannetons? des limaces?...

— Non, non, non, répondit en riant le général.

— Des chauves-souris?

— Non, dit encore le général.

— Ce n'est cependant pas des lions, reprit Robert, le général en a tué deux là-bas pour occuper ses loisirs... »

Crocodiles! rhinocéros! hippopotames! serpents à sonnettes! Ces gros noms retentirent successivement aux oreilles du général.

« Je ne saurais vous répondre, dit notre hôte. Je n'ai jamais eu d'affaires d'honneur avec les redoutables bêtes que vous venez de nommer, mais ce n'est d'aucune d'elles qu'il s'agit...

— Ma foi! je donne ma langue aux chiens, s'écria Robert découragé.

— Vous auriez dû commencer par là, dit le docteur, vous sauriez déjà à quoi vous en tenir. »

La femme du général avait écouté en silence; mais, quand elle vit que son mari allait dire le mot de son énigme, un fugitif sourire se dessina sur ses lèvres.

« Ah! dit le docteur, qui avait surpris ce commencement de sourire, si madame voulait parler, il est à croire qu'elle pourrait aider le général à nous faire sa confession.

— Je m'en garderai bien, dit-elle. J'entrevois que monsieur mon mari s'est embarqué dans une navigation difficile, et je ne serais pas fâchée de voir comment, devant moi, il saura, tout seul, s'en tirer.

— Je m'en tirerai, repartit vivement le général, en allant droit au but, ma chère amie. Je dirai donc, sans plus faire attendre ces messieurs, qu'à l'âge que j'avais quand commence cette histoire, c'est-à-dire à six ans, j'avais déjà, ma mère et ma tante exceptées, une peur formidable... de ce qu'on appelle avec raison « la plus belle moitié du genre humain. »

— Des femmes! s'écria Robert... Ah! mon général!

— De toutes les femmes, riposta intrépidement le général. Car, entendons-nous bien, quand je dis des femmes, je dis de tout ce qui portait robe et jupon. Une petite fille était une femme pour le très petit homme que j'étais alors, aussi bien que les géantes de la foire. Ma mère m'a raconté bien souvent que, mis un jour, à l'âge de quatre ans, en présence d'une petite cousine, gentille à croquer, et qui avait trois ans à peine, on ne put obtenir de moi de l'appeler autrement que : « MADAME. » Cela fit d'abord beaucoup rire la petite fille, mais cela finit par nous brouiller. « C'est une bête, » dit-elle, et elle me planta là pour un cousin moins respectueux, mais plus amusant. Elle avait bien raison, la pauvre mignonne.

« Ma mère crut que cette disposition singulière passerait avec le temps. Elle se trompait. Le temps ne fit que l'aggraver.

— Je n'en puis croire mes oreilles ! s'écria Robert. Mais c'est tout ce qu'il y a de plus gentil dans l'univers entier, les petites filles ; cela me paraît irrésistible, à moi. Pour peu que ce soit débarbouillé et pomponné, on en mangerait. Cela ne peut pas paraître laid, cela n'a jamais pu faire peur à personne, et cela vous aurait fait peur à vous, à vous, mon général ?

III

— Distinguons, dit le général; cela ne peut pas paraître laid? d'accord, et cela ne me paraissait certes pas plus laid qu'à vous-même, mon cher grand colonel; mais c'est précisément parce que cela ne me paraissait pas laid du tout que cela me faisait une horrible frayeur. Vous partiez d'un point de vue passablement faux tout à l'heure, mes chers amis; vous faisiez d'assez mauvaise physiologie quand, en m'interrogeant, vous vous évertuiez à ne citer que les noms de ceux des animaux de la création qui ont le malheur d'être ou répugnants ou terribles. On ne redoute pas seulement ce qui vous déplaît en ce monde; on n'a pas peur seulement de ce qui vous arrache un frisson d'horreur; on tremble aussi devant ce qui vous

impose, devant ce qu'on respecte, devant ce qui
vous charme, devant ce qu'on admire, devant ce qui
vous trouble. Le beau a ses effets de terreur. Ce
qu'on aime est, à sa façon, infiniment plus redoutable que ce qu'on déteste, et ma peur des femmes,
de celles qui me plaisent surtout, s'il faut tout vous
dire et mettre les points sur les *i,* n'était et n'est, souvent encore, qu'une peur d'admiration, la peur de la
timidité et d'une instinctive humilité devant ce qui
lui paraît supérieur. Le point de départ de ce sentiment, dans mon cœur d'enfant, se trouvait dans
l'adoration profonde qu'avaient fait naître en moi
non seulement les qualités morales de mes deux
mères, de maman et de ma tante, mais leur beauté,
pour laquelle j'avais, si petit que je fusse, comme un
culte inconscient. La vue de ces deux êtres exquis,
pour familière qu'elle me fût, m'était toujours nouvelle.

« Du plus loin que je puisse m'en souvenir, je me
vois encore pouvant tout quitter, tout abandonner,
interrompre subitement mon jeu favori, non pas
pour les regarder seulement, mais pour les contem-
pler, pour jouir du vrai bonheur dont leur présence
me remplissait. J'arrêtais tout pour dire à ma mère :

« Comme tu es belle ! » et à ma tante : « Personne n'a une tante comme la mienne. » Eh bien, par un phénomène bizarre, ce qui m'impressionnait si vivement en elles rayonnait sur tout ce qui était femme ; seulement, ce qui me charmait dans mes deux mères, grâce à l'expérience mille fois faite de leur tendresse infinie pour mon petit individu, me paralysait chez les autres. Ce n'était à mes yeux que par une exception inexplicable que deux êtres aussi parfaits avaient pu me chérir ; elles seules pouvaient m'aimer ainsi, et, ne trouvant pas dans les autres les mêmes bras toujours tendus vers moi, je m'effrayais d'avoir à m'en rapprocher. L'aspect de toutes ces autres femmes grandes ou petites qui n'étaient pas toutes à moi comme ma mère, de ces créatures inquiétantes et charmantes, pour qui j'étais un inconnu, un étranger, un indifférent, un petit garçon quelconque, me glaçait, me syncopait, me pétrifiait instantanément. Quand un de ces êtres privilégiés pour qui je n'étais rien levait les yeux sur moi, je me croyais perdu ; quand il m'approchait, j'aurais voulu me mettre en boule comme un petit hérisson ; quand il me parlait, ma langue, d'ordinaire si bien pendue, se séchait, je mourais de peur. « La dame est trop

20

belle, » dis-je un jour à ma mère pour m'excuser de m'être caché dans une armoire pendant la visite d'une de ses amies, réputée pour son élégance et sa beauté.

« Il y avait dans notre petite ville des rues où je n'osais pas regarder les maisons, parce que, à telle ou telle fenêtre, des dames ou des petites filles très gentilles allongeaient souvent la tête pour mieux voir les passants.

« Ce fut une affaire terrible pour moi quand maman m'annonça qu'étant un grand garçon, puisque j'avais six ans, il me faudrait deux fois par jour aller tout seul à l'école. Notez que, de la porte de notre maison à celle de la susdite école, il y avait deux cents pas, que la rue était en droite ligne, que je n'avais qu'à suivre les maisons et que le vieux domestique, un ancien matelot de mon père qui était devenu ma bonne, campé à mon départ au milieu de la rue, ne me perdait des yeux que lorsqu'il avait vu la porte de l'école s'ouvrir et se fermer sur moi.

« Vous me direz peut-être qu'à six ans un enfant peut être excusable de craindre les voitures, les chiens errants, ou tout simplement la rencontre toujours possible dans une rue de quelque passant

malappris; tout cela, c'était le dernier de mes
soucis. Mais ce qui me figea le sang dans les veines
lorsque je sus que j'allais être abandonné à moi-
même dans cette grande rue des *Changes,* la rue
marchande de la ville, que j'aimais tant à traverser
quand ma mère me tenait par la main, c'est que
j'avais remarqué qu'il y passait des dames, des
demoiselles, et surtout, c'était là le pire, des petites
filles toutes seules.

« La vérité est qu'il n'en manquait pas; c'était
toujours un chassé-croisé d'enfants des deux sexes
dans cette fameuse rue des *Changes.* Ces allées et
venues étaient bien naturelles : l'école des garçons
était située au bout de la rue à droite de notre
maison, l'école des filles était en sens inverse à
l'autre extrémité. Il en résultait que, pendant que
j'allais, en suivant la droite des maisons, à mon école
des garçons, j'étais exposé à rencontrer des petites
filles rasant la gauche des maisons, de l'autre côté
de la rue, pour aller dans la direction contraire à
leur école à elles : la *pension bleue,* ainsi nommée à
cause de la couleur des rubans de l'uniforme de ses
élèves.

« Sans doute le ruisseau, qui, dans ces villes pri-

mitives, séparait la rue en deux, était un obstacle
aux rencontres ; par une sorte de convention tacite,
on allait chacun de son côté ; mais tout de même,
sans se trouver nez à nez, on se côtoyait, et c'était
pour moi l'objet d'une rude préoccupation.

« Était-ce un pressentiment ? la suite vous l'apprendra.

« Les petites filles sont des créatures étonnantes !
pour une sur dix qui a la réserve qu'on suppose
devoir être l'apanage de toutes, il y en a neuf qui
ne doutent de rien. Leur aplomb ingénu est pour
embarrasser même les plus hardis parmi les plus
hardis petits garçons. Je vous laisse à penser s'il
leur est difficile d'intimider les peureux de ma
sorte. A force de passer et de repasser les uns
devant les autres, on finissait, sinon par se connaître, du moins par se reconnaître des deux côtés
de la rue. J'avais beau ne pas regarder, à la longue
je voyais bien ce qui se passait, et ce que je voyais
me confirmait dans l'idée que les petites filles étaient
des êtres très à craindre. Les efforts que je faisais
pour ne pas attirer leur attention, mes yeux baissés,
ma marche précipitée, le soin que j'avais de ne pas
m'éloigner des maisons, de me placer derrière les

XVI

IL Y EN AVAIT DEUX QUI NE MANQUAIENT JAMAIS
DE POUFFER DE RIRE.

grandes personnes pour avoir l'air de ne pas être
tout seul, l'indifférence stoïque avec laquelle j'affec-
tais de passer devant les étalages dont la vue était
pour me passionner davantage, ceux du marchand
de jouets, du confiseur, du pâtissier et même du
libraire de livres d'images, l'attention peut-être
excessive avec laquelle je portais le petit panier
que nous avions tous et qui renfermait nos livres,
nos cahiers et nos petites provisions pour notre
déjeuner à l'école, tout cela trahissait probablement
mon embarras et la crainte d'être remarqué. Toujours est-il que je ne pus me dissimuler que peu à
peu le petit garçon qui passait toujours si vite était
devenu la préoccupation de la plupart de ces
demoiselles. Les unes me regardaient d'un air narquois, comme si j'eusse été une bête curieuse; les
autres se parlaient à l'oreille en me montrant du
doigt. Il y en avait deux, une grande et une petite,
qui ne manquaient jamais de pouffer de rire en me
dévisageant. A vrai dire, une seule s'abstenait : elle
semblait n'avoir qu'une idée, comme moi, celle
d'arriver sans encombre à sa pension; mais elle y
marchait beaucoup plus tranquillement, sans sursaut, d'un pas calme et régulier. Rien en elle ne

montrait qu'elle fût inquiète de ce qui se faisait
autour d'elle. Elle avait l'air d'être aimée de toutes
celles qui passaient à côté d'elle; le « bonjour,
Hélène, » qu'elles lui disaient en la devançant, était
à la fois amical et comme respectueux.

IV

« Il était évident que ce devait être une petite
fille de bon renom, très sage, pas étourdie ni éva-
porée comme les autres. Tout son maintien était
très modeste, et cependant, à sa façon, très assuré.
Elle me paraissait plus grande que moi et même
que toutes les autres, et ses yeux étaient si doux et
si beaux que je n'avais, au bout de deux mois de
rencontres quotidiennes, vu encore que cela dans
toute sa personne. Bien entendu, quand je la regardais, ce n'était pas ma faute ; toute petite fille
qu'elle était, elle me faisait tout à fait l'effet d'une
grande dame, et, à ce titre, bien qu'elle me plût
beaucoup, elle me faisait plus peur encore que ses
camarades. Il me semblait qu'elle marchait comme
maman et regardait comme ma tante. J'étais très

content d'elle et croyais bien qu'elle ne m'avait
jamais vu, lorsqu'un jour, jour à jamais mémorable,
je fus bien forcé de m'apercevoir qu'elle savait tout
de même que j'étais au monde. Mon père avait
envoyé pour moi à ma mère un joli petit costume
de marin. Ma mère et ma tante m'en avaient habillé, et tante sœur Marie avait déclaré que, dans ce
costume-là, j'étais tout le portrait de papa, c'est-à-
dire superbe, que tous ceux qui s'y connaissaient
me prendraient pour un vrai capitaine de vaisseau.
Ce diable de petit costume fit une révolution dans
la rue des Changes, une rue très peu marine. Les
gens se mirent aux fenêtres, et les marchands et
marchandes accoururent sur le pas de leur porte
pour me voir passer! C'eût été un triomphe pour
un autre, ce fut une catastrophe, un complet dé-
sarroi pour moi.

« Je n'ai jamais été si malheureux qu'en passant
sous tous ces regards-là. Tous les yeux qui étaient
braqués sur moi auraient été chargés à balle que je
ne me serais pas senti plus en danger, et, si je
n'avais pas craint de faire de la peine à ma tante et
à maman, que mon costume avait ravies, et aussi à
papa qui me l'avait envoyé, je ne suis pas sûr qu'au

risque d'appliquer à mon embarras un remède pire
que le mal, je ne l'aurais pas mis bas en pleine rue,
subitement, pour échapper à ce supplice d'être
trop regardé. Je résistai heureusement à cette envie ;
mais je tombai bientôt de fièvre en chaud mal : de
l'autre côté de la rue vint à passer un groupe de
petites filles de la pension bleue. La première qui
me vit poussa un cri, la seconde en poussa deux,
les autres firent chorus. Quel était le sens de cette
clameur ? Je n'essayai pas de m'en rendre compte ;
mais ce qu'il y a de certain, c'est que je perdis
complètement la tramontane. Pris d'un soudain
désespoir, je déposai, non, je jetai mon panier au
coin d'une borne, je m'assis dessus, et, la figure
cachée dans mes mains, je fondis en larmes. Bientôt
le bruit redoubla non loin de moi. J'eus un moment
de révolte et, dans une ·consultation rapide avec
moi-même, je me demandai si, au lieu de sangloter,
je ne ferais pas mieux de me ruer sur l'ennemi !
Mais quoi ! battre des femmes, non, je n'en aurais
jamais le courage. Il se fit un moment d'accalmie,
j'entr'ouvris mes doigts pour voir ce qui se passait,
et la première chose que je vis, ce fut une grosse
petite fille à figure réjouie, qui avait presque passé

21

le ruisseau et me tirait la langue ! derrière elle, une
autre gamine me faisait carrément un pied de nez.
Le sang de mon père allait bouillir dans mes veines,
quand, derrière ces deux petites filles, j'en vis une
autre, qui, les prenant chacune par l'épaule avec une
tranquille majesté, leur dit quelques mots que je
n'entendis pas, des mots magiques sans doute, et
tout de suite la scène changea. Les petites filles
rougirent, semblèrent s'excuser, et, suivies des
autres, reprirent leur chemin d'un air assez contrit.

« Une seule était restée, celle qui était si à propos
intervenue, celle que j'avais entendu appeler Hélène.
Elle vint à moi, écarta mes deux mains, mit à
découvert ma figure baignée de larmes, m'essuya
gentiment les yeux avec son mouchoir, comme une
petite maman eût pu le faire, chercha et trouva le
mien dans la poche de ma petite veste de matelot,
me fit moucher, et, quand ce fut fait, m'embrassa.
J'étais plus mort que vif, mais comme je la trouvais gentille, mon sauveur ! Ma main ayant rencontré la sienne, je la pris, avec une audace qui
m'étonne encore à l'heure qu'il est, et la baisai
comme l'eût fait un petit chevalier du temps jadis.

« Cela la fit rire et moi aussi. Voici ce qu'Hélène

XVII

ELLE M'ESSUYA LES YEUX AVEC SON MOUCHOIR.

me dit de ses petites camarades : « Elles ne sont
pas méchantes, mais rieuses et gamines. Elle ne se
moquaient pas de toi, et trouvaient au contraire ton
costume très joli et qu'il t'allait très bien ; seulement, comme elles n'en avaient jamais vu de pareil,
car la mer n'a jamais passé par ici, et qu'elles ne
savaient pas pourquoi tu pouvais mieux qu'un autre
le porter, cela leur a été une occasion de s'amuser.
Dès que j'ai pu leur expliquer que, ton père étant
un grand marin, il n'était pas étonnant que son fils
eût un uniforme de matelot, elles ont compris. Elles
sont fâchées de ce qu'elles ont fait, elles m'ont
chargée de te le dire et aussi qu'elles ne le feraient
plus. Tu as eu tort de pleurer, les hommes ne doivent pas pleurer ; c'est tout au plus si les petites
filles ont le droit de se faire du chagrin sans raison.
Si tu avais pris la gaieté de mes camarades du bon
côté, tu aurais vu bien vite qu'elles ne voulaient pas
te faire de peine. »

« Elle ajouta que son père, qui était colonel, avait
connu le mien et en avait dit « autrefois » beaucoup de bien à sa maman.

« Cet « autrefois ! » avait été dit tristement.

« — Pourquoi « autrefois? » lui dis-je.

« — Papa est mort à la guerre, me dit-elle. Il y a été dans le même pays que ton père, mais il n'en est jamais revenu. »

« Je vis deux larmes tomber de ses yeux. Je me jetai sans réfléchir à son cou, en lui disant : « Oh ! mademoiselle, comme je te plains ! » et nous nous promîmes d'être pour toujours bons amis.

« J'étais consolé, mais il fallait se quitter ; Hélène avait refait le ménage de mon panier, où tout était un peu en déroute ; elle y avait même ajouté une jolie pomme qu'elle avait tirée du sien. Lorsque tout cela fut fait avec une bonne grâce familière que je n'avais jamais vue qu'à elle, elle me repassa mon panier à mon bras, me dit adieu, et je repris le chemin de l'école en pensant à son père qu'elle n'avait plus, au mien que j'avais encore.

V

« Je rentrai le soir à dîner avec une idée fixe, celle de prier maman d'écrire tout de suite à papa pour lui demander pour moi la permission de me marier avec Hélène. Je n'avais plus peur d'elle. Je me promettais de l'aimer toute ma vie et d'être pour toujours son petit mari.

« J'annonçai à ma mère, avant même de lui montrer mes notes et de me débarrasser de mon panier, qu'il y avait maintenant trois personnes qui n'étaient pas des garçons et dont je n'avais pas peur du tout : elle, ma tante et Hélène...

« — Hélène ? me dit-elle, non sans surprise ; et quelle est cette Hélène, monsieur mon fils ?

« — Hélène, lui dis-je en ouvrant mon panier, c'est celle qui m'a donné cette pomme-là ; » et je

lui présentai la pomme d'Hélène en lui faisant remarquer que c'était la plus belle pomme, la plus
grosse et même la plus rouge d'un côté qu'on pût
voir. Elle était si belle que je n'avais pas pu me
décider à la manger. Il fallait la garder.

« Ma mère était fort intriguée ; mais elle n'en fit
rien voir, et j'allais lui raconter ma rencontre avec
Hélène, lui dire la résolution qui s'en était suivie,
quand tante sœur Marie entra.

« Elle n'était pas de trop, et toutes deux écou-
tèrent mon récit, comme je le fis, avec beaucoup
de gravité.

« Quand j'eus fini, je vis qu'elles s'interrogeaient
et se consultaient du regard.

« Après s'être un instant parlé tout bas, ce qui ne
me faisait pas plaisir, ma tante finit par dire tout
haut : « Oui, je crois que cette mademoiselle Hélène doit être, en effet, l'aimable petite dont... »

« Je l'interrompis : « Oh ! oui, c'est bien cela,
très aimable et aussi très gentille. D'abord, pour
vous ressembler à toutes les deux, il faut bien
qu'elle soit très gentille ! »

« Ma mère sourit, mais ma tante garda son
sérieux et continua : « Si je ne me trompe cette

Hélène de notre Jacques doit être la fille d'un colonel, de ce colonel qui est mort dans la guerre de *** et dont ton mari nous a raconté le dernier fait d'armes avec tant d'admiration et d'une voix si émue.

« — C'est ça ! c'est ça ! m'écriai-je encore ; le papa d'Hélène était très brave comme mon papa. Seulement il a eu le malheur de mourir... C'est trop triste une chose pareille, c'est pour ça surtout que j'aime tant Hélène... »

« Ma tante et ma mère me prirent chacune à son tour dans leurs bras. Quand j'eus été bien embrassé :

« — Si j'étais le mari d'Hélène, m'écriai-je, mon papa serait le papa d'Hélène aussi. Tu vois, mère, que j'ai bien raison : il faut très vite demander la permission que je t'ai dite à papa.

« — Mais, me répondit ma tante en me plaçant à cheval sur ses genoux, tu ne connais guère encore cette Mlle Hélène, que, depuis ce matin, tu aimes autant que nous...

« — Oh ! tante, lui répondis-je, par ce besoin inné qu'on a de chercher des racines à toute affection nouvelle et de lui donner des chevrons, je la rencontre tous les jours deux fois depuis deux mois que je vais tout seul à l'école.

« — Nous allons nous assurer de ce que peut être ta petite camarade, dit enfin ma mère. Nous ne pouvons pas écrire à ton papa avant de le savoir. Il faut être patient, monsieur Jacques.

« — Je n'aime pas beaucoup ça, répondis-je à maman.

« — C'est un tort que vous avez, monsieur Jacques, me répondit-elle ; la patience est une très bonne chose. »

« Dès le lendemain, ma tante, qui connaissait beaucoup plus de monde que maman, avait appris qu'elle ne s'était pas trompée. Hélène était bien la fille du colonel C... ; de plus, sa mère était alliée, quoique d'un peu loin, à la famille de mon père. Elle ne demeurait dans notre ville que depuis six mois ; elle y vivait fort retirée, et, ne sachant pas que nous l'habitions, le hasard, qui eût seul pu mettre la mère d'Hélène en présence de ma mère, avait attendu la rencontre des deux enfants pour opérer celle des parents.

« Ce fut bientôt chose faite.

« La maman d'Hélène fut la quatrième femme, sa petite fille comprise, qui ne me fit pas peur.

VI

« Mon père avait accordé avec empressement,
paraît-il, et aussi avec beaucoup de bonne humeur,
la permission que je lui avais fait demander, car
mes deux mères avaient l'air moins sérieuses que,
selon moi, la circonstance ne l'eût comporté, en me
lisant tout haut le passage qui contenait cette auto-
risation. Papa me recommandait, si je m'en sou-
viens bien, « d'être un bon mari, c'est-à-dire d'obéir
en tout et toujours à mademoiselle ma femme,
comme il obéissait à la sienne. » Je le promis et je
l'aurais juré, si j'avais su ce que c'était qu'un serment. Mais je fis mieux encore, je tins scrupuleu-
sement ma promesse. »

Un petit rire étouffé s'échappa sur ces mots de
la bouche de la femme de notre général. Cette his-

toire de l'enfance de son mari paraissait l'intéresser vivement. Le général répondit à ce rire
par un salut très respectueux, et reprenant son
récit :

« A partir de ce jour, j'appelai gravement Hélène
« ma petite femme, » elle m'appelait gaiement « son
petit mari. » Elle avait un an de plus que moi;
aussi était-elle bien plus savante. Je dus à son
exemple, à ses conseils et même à ses leçons, je
dus, pour tout dire, à ce premier mariage un peu
précoce, de bien travailler. Le petit mari parve-
nait assez souvent à rapporter de son école d'aussi
bonnes notes que celles que rapportait toujours
Hélène de la pension bleue, et je n'ai pas besoin
de vous dire s'il en était fier !

« Les camarades d'Hélène ne me tiraient plus
la langue quand je passais à côté d'elles, et la petite
au pied de nez me faisait au contraire de belles
révérences. Elle manquait rarement, du plus loin
qu'elle m'apercevait, de me crier : « Bonjour, monsieur le petit mari d'Hélène ! » Ce titre m'avait mis
très en honneur dans la pension bleue.

« Des années s'écoulèrent sans que rien vînt
troubler la paix, et, pour être plus juste, je devrais

dire le bonheur de ce très jeune ménage. Hélène était ma loi et mes prophètes ; je l'écoutais comme un oracle, et il faut lui rendre cette justice qu'elle n'usait que pour mon bien de cet empire. La communauté de vues est naturellement beaucoup plus facilement complète entre deux êtres quand, sur les deux, l'initiative est cédée tout entière à un seul, et que celui-là se trouve être le meilleur. Je me sentais si heureux de ma subordination, Hélène gouvernait d'une main si légère, il m'était si doux d'être le sujet d'une petite reine de si gentille humeur et de raison si enjouée, que pas un jour je n'éprouvai l'envie de me dérober à cette sujétion. Travaux et plaisirs, tout était charmant avec elle et par elle. Je puis bien dire qu'à cette époque fortunée de ma vie j'ai connu la félicité parfaite. Que de fois, ses devoirs faits, Hélène m'aida-t-elle à finir les miens ! Il n'est pas jusqu'à mes pensums auxquels elle ne mît la main à l'occasion. J'ai gardé le souvenir d'un de ces verbes que les maîtres allongent et compliquent avec tant de malice et qu'on m'avait donné à faire trois fois : « Je suis un bavard » (je l'étais déjà, paraît-il). J'étais en retard, Hélène fit une de mes copies ; mais, dans sa hâte,

oubliant qu'elle ne travaillait pas pour son compte,
elle mit tout le verbe au féminin. Quand le maître
de notre école de garçons découvrit qu'un de mes
trois verbes était le verbe : « Je suis une ba-
varde, » au lieu du verbe : « Je suis un bavard, »
il soupçonna une fraude pieuse, vint trouver ma
mère et en accusa, faut-il le dire? tante sœur
Marie ! Celle-ci se laissa accuser, elle ne dit ni
oui ni non, et M. Douai, ne sachant à quoi s'en
tenir, finit par accepter le fait accompli. Tante
sœur Marie embrassa beaucoup la petite Hélène
ce jour-là. « C'est comme cela que j'aurais compris
les devoirs d'une bonne femme, si j'avais jamais
dû me marier, lui dit-elle : « tout partager. » Sur ce
point, l'accord était plus que parfait entre Hélène
et moi : je berçais notre poupée pendant qu'elle
taillait, cousait ou repassait ses robes ; j'avais même
été spécialement chargé de la sevrer, et il paraît
que je m'en acquittais très bien. En revanche,
Hélène jouait volontiers aux billes avec moi et
y était d'une jolie force. »

Cette fois, un rire plein, tout jeune, et quasi
enfantin, se fit entendre du côté de la femme du
général. Tout ce récit du premier mariage de son

XVIII

JE BERÇAIS NOTRE POUPÉE.

mari, qui aurait pu la contrarier, l'amusait décidément beaucoup.

Encouragé par ce succès flatteur, le général reprit la parole d'une voix plus délibérée encore :

VII

« Les vacances se passaient aux Grands-Prés, dans la petite propriété de mon oncle. Il avait d'emblée adopté Hélène et l'appelait « sa nièce » gros comme le bras. Que de parties nous fîmes ensemble, ma petite femme et moi, dans ce bienheureux jardin ! Aidés un peu par le jardinier, nous nous y étions construit un appartement superbe, composé d'une seule chambre, dans mon grand arbre, sur le bord de l'eau : quelques planches, un toit, une porte, deux bancs et une table, une échelle en guise d'escalier pour y monter, c'était tout et c'était assez. Cet arbre était pour nous une île aérienne, dont nous étions les Robinsons. J'y relus le *Robinson suisse* tout entier à Hélène, pendant qu'elle brodait une calotte grecque à mon oncle.

XIX

CET ARBRE ÉTAIT POUR NOUS UNE ILE AÉRIENNE.

Ah ! les beaux jours et la belle calotte ! Nous aurions bien voulu dire aussi les belles nuits, car nous avions rêvé ˏ lus d'une fois de n'en jamais descendre, mais nos trois mères s'y opposèrent. Ce refus, je dois l'avouer, fut plus pénible à Hélène qu'à moi ; l'idée de passer toute une nuit si loin de la maison, au milieu des ténèbres, me laissait plus froid qu'elle. Mais je pus, par une sorte de miracle, obtenir pour Hélène une compensation si glorieuse au sacrifice qu'elle fit des nuits à passer sur notre arbre, que ce regret fut bientôt effacé.

« Les clochers de la cathédrale de la ville que nous habitions sont célèbres dans le monde entier. La flèche de Strasbourg seule les dépasse en hauteur. La femme du sonneur avait été ma nourrice. Quand son mari, qui n'avait pas une bonne santé, était malade, c'est elle qui devenait, à sa place, veilleur de nuit, et était à ce titre chargée de crier du haut des clochers, quatre fois par nuit, à tous les habitants, un mot qui, dans le silence nocturne, me paraissait d'un effet solennel : c'était le mot *repos,* prononcé d'une voix lente et grave dans quatre énormes porte-voix, placés aux quatre points de l'horizon. Ces deux syllabes, coupées par des temps assez longs : « RE... POS... », prononcées de si haut, disaient chez nous encore, comme au bon vieux temps, à tous les bourgeois de la ville : « Dormez en paix, le feu n'est nulle part. » Ce mot *re-pos,* j'avais toute ma vie imaginé que ce serait une gloire suprême de pouvoir le prononcer un jour moi-même de là-haut, et j'avais bien des fois fait part de mon désir ambitieux au maître sonneur, mon père nourricier, dont j'enviais franchement la haute position. « Mon pauvre garçon, m'avait-il toujours répondu, c'est impossible; avec ta voix flûtée, on croirait que je me suis fait remplacer par un pierrot, par un oiseau, et cela me ferait une affaire avec M. le maire. N'y pense pas avant ta majorité. Quand tu seras grand, et que tu auras une grosse voix, je te laisserai faire, mais pas avant. »

« Il ne faut jamais désespérer de rien, paraît-il. Une attaque de goutte qu'eut un matin le pauvre François me parut rendre tout à coup possible cette chose impossible. C'était une occasion à saisir aux cheveux. Je priai et suppliai tant et tant ma nourrice, lui représentant qu'Hélène et moi, en grossissant un peu nos voix, nous crierions *re-pos* aussi bien qu'elle, que je lui fis promettre que, si maman y consentait, elle consentirait aussi à nous garder toute une nuit dans les deux chambres du clocher.

« La femme de François croyait bien sûr que maman et ma tante refuseraient, et que la mère d'Hélène surtout dirait non. A vrai dire, je le croyais aussi. Pas du tout; la confiance que mes deux mères avaient dans ma nourrice était telle, et la sérieuse Hélène se montra si pressante, qu'au lieu de dire non, elles dirent oui.

« Quelle fête!!!

« Cette nuit, passée au plus haut de cet admira ble monument, et, dans notre idée, beaucoup plus près du ciel qu'à l'ordinaire, nous transporta. J'en ai gardé le goût des cimes, et si, deux ou trois fois, j'ai fait parler de moi comme ascensionniste un peu imprudent, c'est à son souvenir que je le dois. C'était une belle et chaude nuit de juillet, toute parsemée, tout illuminée d'étoiles. Quand, sortant de l'escalier tournant, noir et sans fin de la tour où la lanterne de ma nourrice nous avait seule à peu près éclairés, nous nous trouvâmes tout à coup, Hélène et moi, en face des splendeurs du firma-

23

ment, Hélène tomba dans une contemplation silen-
cieuse. Moi-même, je me tus comme elle. Nous
avions beau n'être que deux enfants, le sentiment
de l' « *excelsior* » nous dominait. Nous nous tenions
les mains croisées comme à l'heure de la prière, et
la femme de François dut nous rappeler qu'un bon
petit souper nous attendait dans la chambre de son
mari. Il avait été convenu avec nos mamans que
nous obéirions en tout à nourrice, que nous ne
ferions pas un pas sans elle. Nous la suivîmes dans
un étroit escalier en fer qui conduisait au petit
logement de François. La montée des trois cent
soixante-quatre marches qui nous séparaient de la
terre nous avait mis en appétit, et ce fut un repas
bien gentil que celui que nous fîmes là à côté de
la grosse cloche. Pour nous, qui n'avions jamais vu
que des sonnettes, quelle cloche que cet immense
bourdon dont rien n'avait pu nous donner une idée !
Mais ce n'était rien de le voir, il fallait l'entendre.
Miséricorde ! nous l'entendîmes bientôt. Hélène et
moi, nous venions de manger nos dernières fraises,
quand neuf heures se mirent à sonner. Le bruit
du canon ne parvint pas plus tard à me faire oublier
l'abasourdissement prolongé que produisit sur nos

XX

NOUS ÉTIONS CHACUN EN FACE DE NOTRE PORTE-VOIX.

tympans l'intensité prodigieuse, la grave sonorité
des vibrations de cette formidable voix de métal
pour la première fois si rapprochée de nous. Les
yeux d'Hélène n'en croyaient pas ses oreilles. Mais
tout passe, le mal comme le bien. Le bruit énorme
passa, le silence complet se refit. Nourrice nous
rappela que nous devions dormir jusqu'à minuit, et
qu'elle nous réveillerait à temps pour crier « REPOS »
quand elle aurait à faire sa première ronde qui ne
commençait guère qu'à cette heure-là. Je me cou-
chai tout habillé sur le lit de François, Hélène
s'endormit sur le lit de ma nourrice dans la seconde
pièce. Pour toute toilette de nuit, nous avions ôté
nos bottines. Je me rappelle même que, les voyant
rangées l'une à côté de l'autre par ma nourrice, je
remarquai, avec une certaine satisfaction, que j'avais
les pieds plus grands que ceux d'Hélène, preuve
qu'un jour, me dit ma nourrice, je serais plus grand
qu'elle.

« Un peu avant minuit nous étions debout;
debout sur deux tabourets de bois, Hélène et moi,
chacun en face de notre porte-voix. Il était convenu
que Mme François crierait « REPOS » dans les deux
autres avant nous pour nous donner le ton, qu'Hé-

lène crierait ensuite REPOS dans le sien, et que je
crierais le dernier.

« Tout alla bien ; — nous nous montrâmes, Hélène
et moi, à la hauteur de notre fonction ; — la gravité
avec laquelle nous criâmes chacun à notre tour à
tout le pays, et, dans notre idée, au monde entier,
que partout on devait dormir en paix du moment
où nous veillions, là-haut, ma nourrice, Hélène et
moi, sur le repos de l'univers, disait assez que nous
étions pénétrés de l'importance d'un tel devoir.
Nous savions d'ailleurs que nous ne parlions pas si
en l'air qu'on eût pu le croire, et que nous avions un
public spécial et très choisi qui nous écoutait en
bas avec l'attention qui nous était due. Nos trois
mères avaient dû tenir leurs fenêtres ouvertes à
minuit pour mieux nous entendre, et nous diraient
le lendemain si nous avions bien rempli notre
tâche.

« Après les deux premiers cris, ceux de nourrice,
un passant, sans doute attardé sur la place de la
cathédrale, avait crié bravo ; ce bravo avait monté
jusqu'à nous. Je ne sus que plus tard que ce bravo
était celui de mon père nourricier, attentif, malgré
sa goutte, à ce qui allait se passer devant son clo-

cher ; un chien avait aboyé au troisième REPOS, et
un chat avait miaulé au dernier, après le mien. Je
jugeai que c'était, de la part de ces deux animaux,
qui ne pouvaient pas crier « bravo, » une manière
de nous témoigner leur satisfaction. Nous rentrâmes
dans nos chambrettes, persuadés que nous n'avions
pas à nous plaindre. Il ne s'agissait plus que de
finir cette nuit aussi bien qu'elle avait commencé ;
notre programme portait que nous ferions un
second somme et que nous serions réveillés par
Françoise pour voir le lever du soleil. Dès l'aurore,
elle nous mit sur pied. Mon Dieu, que la ville était
petite, mais que le monde était vaste ! Bientôt le
soleil se montra. En un clin d'œil les dernières
ténèbres disparurent, tous les voiles furent déchi-
rés ; la lumière sans ombres éclatait dans toute sa
puissance, tout ressuscitait. La ville et la campagne,
réveillées, se montrèrent à nos yeux éblouis. Hélène
se taisait. Je la croyais ravie, comme je l'étais moi-
même, quand je m'aperçus que ses yeux se remplis-
saient de larmes :

« — Est-ce que tu as du chagrin ? lui dis-je, très
étonné et très ému.

« — Mais non, je suis au contraire trop contente.

« — Alors, si tu veux, lui dis-je encore, nous nous lèverons trop tôt bien souvent, chez mon oncle.

« — Oui, me répondit-elle, si je veux, et si tu peux ! »

« Je n'étais pas d'ordinaire un dormeur facile à réveiller. Hélène, toujours levée avant moi, le savait bien.

« Lorsque, après avoir redescendu nos trois cent soixante-quatre marches, nous fûmes redevenus de simples mortels, nous nous sentions encore comme des auréoles autour du front. Hélène, qui s'exaltait rarement, fit un tel récit des splendeurs de notre ascension à nos trois mères, qu'elles n'eurent plus le courage de se reprocher, comme elles l'avaient fait toute la nuit, la faiblesse qu'elles avaient eue toutes les trois de nous permettre une telle escapade.

« Incidemment elles voulurent bien nous dire que nous avions très bien crié : « Repos ! »

« Notre maison dans l'arbre eut seule à se plaindre de notre nuit dans le clocher.

« — Tout de même, nous dîmes-nous, quand il nous arriva d'y regrimper, ce n'est pas aussi étonnant dans notre arbre que ce qu'on voyait du haut de la cathédrale ! »

« Les enfants sont vite ingrats, eux aussi.

VIII

« Ce qui me rendait fier d'Hélène, ce qui teintait d'une sorte de respect la tendresse que j'avais pour elle, c'était la sûreté de son caractère et le fond qu'on pouvait faire sur sa solidité. Elle n'était pas de ces petites personnes nerveuses qui ne vous aiment que pour vos qualités et qui ne vous passeraient pas un défaut ; elle n'était pas de ces natures pusillanimes qui, à tel moment donné, écoutant plus leur vanité que leur cœur, sont capables de rougir subitement de leur pauvre petit mari pour une bosse au front, pour une fluxion qui le défigure, pour un accroc à quelque endroit malheureux de son pantalon, ou encore pour un mot dit de travers, et vous abandonnent et vous renient lâchement dans les cas embarrassants. Non, Hélène se rapprochait d'autant plus de moi que j'avais plus besoin d'elle, et, quand, par quelque maladresse, je m'étais mis dans un de ces guêpiers d'où d'autres vous laisseraient vous tirer tout seul de peur d'avoir à prendre leur part d'une situation ridicule ou difficile, elle accourait, au contraire, elle se plaçait à côté de moi, elle se faisait mon répondant et mon témoin, de façon à ce que chacun sût bien que — qui touchait à l'un touchait à l'autre, — et que nous étions deux enfin, toujours deux, pour la peine comme pour le plaisir.

IX

« Je ne citerai qu'un trait, pris au milieu de beaucoup d'autres, et qui montrera jusqu'à quel point sa petite âme était supérieure à ce misérable sentiment de respect humain qui fait échec trop souvent à tant d'affections d'ailleurs sincères, mais auxquelles manque la bravoure.

« Mon oncle avait un voisin très original, de commerce assez peu commode , avec lequel il faisait bon ménage, cependant, parce qu'il était le seul dans le voisinage chez qui il trouvât à faire à toute heure sa partie. La maison de ce vieux célibataire semblait vouée au jeu ! Le propriétaire était passé maître, paraît-il, à tous les jeux, depuis les cartes, les échecs et le trictrac, jusqu'au noble jeu de billard.

24

« Mon oncle me conduisait quelquefois chez ce
voisin. Pendant qu'il faisait sa partie d'échecs, il
m'était permis de faire rouler les billes sur le
billard, mais avec la main seulement ; l'usage de la
queue, avec ou sans procédé, m'était sévèrement
interdit. Si j'avais crevé le tapis du billard du voisin,
c'eût été d'autant plus une affaire d'État que le
tapis du susdit billard était incomparable, que le
voisin venait, à l'époque dont je parle, de le faire
faire, spécialement pour son billard à lui. Jamais on
n'avait vu un tapis pareil, et il était si uni, si doux,
si particulier, si bien rasé, que les carambolages s'y
faisaient tout seuls. Nulle part, même à Paris, on
n'aurait pu retrouver son pareil ; le métier sur
lequel il avait été fait avait été brisé, et, par-
dessus le marché, le fabricant était mort après
avoir achevé ce chef-d'œuvre. Ah ! qu'on en disait
long sur ce tapis ! Combien de fois j'avais entendu
exalter ses mérites, je ne saurais le dire. Tout ce
que je sais, c'est que je ne le regardais jamais qu'avec
une vénération mêlée de terreur. Il s'ensuivait que
je n'abusais pas de la permission qu'on me donnait
d'y faire rouler les billes et que cela ne m'arrivait
que quand, la partie d'échecs étant par trop longue,

il me fallait essayer de me distraire ou mourir d'ennui.

« Un jour, non, un soir, soir à jamais fatal, mon oncle et le voisin faisaient une terrible partie d'échecs qui, depuis deux mortelles heures, les tenait crispés, contractés l'un devant l'autre, sans qu'un mot, ni presque un geste, vînt varier le tableau. Je bâillais, je bâillais et je contre-bâillais. Vaincu enfin par la plus fatigante des lassitudes, celle du rien faire et du rien dire : « Oncle Antoine, dis-je, je vais tâcher de m'amuser un peü avec les billes.

« — Les billes seulement, me répondit mon oncle.

« — Si tu t'avisais de toucher à une queue, s'écria le voisin en me regardant d'un air menaçant, je te la casserais sur le dos. »

« Le voisin ne m'avait jamais apostrophé si rudement, j'en conclus que sa partie allait mal, et que, chose grave et rare, il se pouvait que mon oncle la gagnât.

« La porte du billard était toute grande ouverte. J'entrai dans la salle. Les trois billes étaient l'une à côté de l'autre, se faisant triangle juste sur la

mouche du milieu. Je n'avais pas les bras assez
longs pour les attirer à moi. Une malheureuse
queue était à ma portée, collée contre la bande.
Je la pris innocemment, bien décidé à ne m'en
servir que pour ramener adroitement les billes à
ma portée.

« Mes amis, rien ne m'ôtera de la tête qu'il y a
des jours marqués de noir dans le livre des destins ;
— toujours est-il que ce jour en fut un pour
moi. — Armé de la queue fatale, et voulant faire
vite, car elle me brûlait les doigts, je la poussai pré-
cipitamment contre les trois billes. Grand Dieu !
j'avais manqué de touche, mais je n'avais pas manqué le tapis ; la vue subite d'une éraflure, disons le
mot, d'une déchirure de quatre ou cinq centimètres
que venait de produire le bout de la maudite queue,
m'apprit le crime irréparable que je venais de
commettre.

« Je jetai un cri si perçant que les deux joueurs
d'échecs, arrachés subitement à leur partie, se pré-
cipitèrent dans la salle.

« Ils me trouvèrent à genoux, le visage boule-
versé, la queue de billard encore à la main.

« Je n'entrerai pas dans les détails de ce qui s'en

XXI

J'AVAIS MANQUÉ LE TOUCHE
MAIS JE N'AVAIS PAS MANQUÉ LE TAPIS.

suivit. Mon oncle étant là, le voisin s'abstint de me rien casser sur le dos ; mais mon sort n'en fut pas plus prospère pour cela. Après une altercation assez vive, les deux joueurs d'échecs se séparèrent brouillés à mort, brouillés pour la vie, et furent quinze jours sans se parler. Mais, au bout de quinze jours, l'ange ou plutôt le démon des échecs aidant, un accord se fit entre eux, dont voici les termes et dont je fus l'infortunée victime :

« 1° Les tapis de billard ne pouvant se repriser comme une culotte, mon oncle payerait un tapis de billard tout neuf à son voisin ;

« 2° Le fils du fabricant qui avait fait celui que j'avais troué ayant repris la suite des affaires de son père, et s'étant engagé à faire refaire sur un métier, pareil à celui qui avait été brisé, un tapis qui ne le céderait en rien à celui qu'il s'agissait de remplacer, c'est aux frais de mon oncle que ce jumeau du défunt tapis, que ce second tapis sans pareil, et non aucun autre, serait ajusté sur la table du billard du voisin ;

« 3° Moyennant ce, le tapis que j'avais mis si prématurément hors de service deviendrait la propriété pleine et entière de mon oncle ;

« 4° (Et ce fut, en ce qui me concernait, les con-
ditions que mon oncle, implacable pour la première
fois de sa vie, imposa à ma mère et à ma tante.) On
mettrait de côté tous les habits qui constituaient
ma garde-robe au moment où l'arrêt prononcé
contre moi me serait notifié, et il restait entendu
que je serais d'ores et déjà, des pieds à la tête, c'est-
à-dire la casquette comprise, uniquement habillé du
drap vert du tapis devenu la propriété de mon
oncle, aussi longtemps qu'il en resterait un mor-
ceau suffisant pour couvrir un point quelconque de
mon individu. »

« — Comme cela, dit mon oncle, ce gaillard se
souviendra de la faute qu'il a commise ; le drap est
excellent, je suis sûr que nous en avons pour deux
ans au moins à voir ce petit perroquet-là tout
habillé de vert. Cela en amusera d'autres plus que
nous et lui. Tant pis pour nous et tant pis pour lui !
Si on rit à nos dépens, il ne pourra s'en prendre
qu'à lui-même. »

« Et, comme cela avait été dit et même écrit, cela
fut fait ! D'arriver à faire démordre l'oncle Antoine
de son étrange idée, il n'y eut pas moyen. Ma mère
était désolée, ma tante faillit se fâcher avec le com-

mandant, la maman d'Hélène déclara qu'il était
devenu enragé, — elle le lui dit à lui-même, — rien
n'y fit...

« — Je parie, nous répondait-il à tous, que, s'il
eût été ici, le père de Jacques, quoiqu'il ait plus
d'imagination que moi, n'eût pas trouvé mieux, et
que, quand il saura à quoi j'ai condamné ce clampin, il nous écrira que j'ai tout de même eu là une
fière idée. »

« Hélas ! il était loin, mon pauvre père ; il nous
eût fallu plus de six mois pour échanger une lettre
avec lui, — les télégraphes sous-marins n'étaient pas
inventés ; — aller en appel était impossible !

« Ma mère, ma tante, la mère d'Hélène et moi-
même, nous dûmes donc nous résigner.

« Hélène seule, plus forte que nous tous, s'arran-
gea pour n'avoir pas même l'air d'avoir besoin de
se réfugier dans ce sentiment amer, la résignation.

« Elle déclara à mon oncle qu'elle serait très
fière d'avoir un petit mari tout de vert habillé
comme les arbres de son jardin ; que mes belles
joues roses feraient très bien dans cette verdure-là,
et qu'au lieu de gronder ce bon oncle, on ferait
mieux de le remercier.

« Mon oncle, interloqué de cette façon d'envi-
sager la chose, se demanda d'abord si sa nièce ne
se permettait pas de se moquer un peu de lui ;
mais elle soutint pendant un an vis-à-vis de lui
cette manière de considérer mon supplice, et je
ne suis pas sûr que la chère petite n'eût pas trouvé
là, sans le chercher, le meilleur moyen de faire
repentir l'oncle Antoine de ce que les autres appe-
laient sa barbarie et de ce qu'il appelait sa fermeté.
La vérité est qu'il se montra toujours plus embar-
rassé des compliments d'Hélène que des reproches
de ma mère et de ma tante, sur lesquels il avait
bien compté. Il ne me plaisantait jamais devant
elle ; quel plaisir y eût-il pris, du moment où elle
me trouvait, tout vert que j'étais, très à son gré
dans l'uniforme de douanier qu'il m'imposait ?

« Hélène me mit, par cette habile conduite, sur
la voie de celle que j'avais à tenir vis-à-vis de mes
camarades et du public. Rien n'est plus facile à faire
avorter qu'une moquerie ; il suffit de n'en pas paraître atteint. Du moment où l'on crut que je m'arran-
geais très bien d'être habillé comme un billard,
on n'essaya pas de me piquer sur ce point, et peu
à peu mon oncle lui-même finit par n'être plus si

glorieux de sa fameuse idée. Ce n'était pas sans un trouble visible qu'il nous accueillait, Hélène et moi, quand celle-ci, me poussant dans ses bras et lui montrant mes joues, lui disait d'un air moitié sérieux et moitié narquois : « Allons, monsieur notre oncle, embrassez-le, votre petit perroquet ! »

« Pour ce qui est de moi, n'eût été le désir de ne pas me montrer inférieur à Hélène dans cette interminable épreuve, je n'aurais pas si facilement pris mon parti d'avoir à la subir, et, de fait, cela ne devait pas faire l'affaire d'Hélène non plus de se montrer partout avec le petit garçon à l'habit toujours vert ; mais de cette petite stoïque il ne fallait pas attendre une plainte. Je l'imitai de mon mieux, non sans rager plus d'une fois *in petto,* quand quelque âme charitable s'avisait de demander à ma mère en l'honneur de quel saint elle m'avait voué à cette étrange couleur.

« Grâce à Dieu, et peut-être aussi au moins de soin que je pris de le faire durer et au moins de zèle que montra ma chère maman pour raccommoder les accrocs que je ne cherchais pas toujours à lui épargner, je finis par l'user, ce tapis de billard, par l'user tout entier et si bien qu'il n'en resta pas

25

un vestige. Ce fut avec un soulagement énorme que j'endossai, après avoir pendant près de deux ans porté cette livrée de mon oncle, des habits comme les autres.

« Ce ne fut que longtemps après et alors que mes malheurs étaient oubliés, même par moi, qu'il échappa à Hélène de me dire, un jour que je paraissais devant elle dans un gentil costume de velours noir : « C'est tout de même bien bon que le drap du billard se soit décidé à montrer la corde. » Je vis à ce mot que sa raison seule lui avait fait prendre autrefois son parti de la sentence de l'oncle.

X

« Mes enfants, si le drap de billard n'est pas éter-
nel, le bonheur, hélas ! ne l'est pas non plus. La
première atteinte portée à notre union, ce fut mon
départ pour le collège de Paris. Je vous ai parlé
de cette première révolution dans mon existence ;
je vous en ai parlé dans un de mes précédents
récits, sans faire intervenir le nom d'Hélène ; je ne
croyais pas avoir à vous raconter un jour tout ce
que je viens de vous dire. S'aimer de loin, s'aimer
par correspondance, bien qu'une lettre soit une
bonne chose, n'est plus s'aimer dans la vie quoti-
dienne. Les lettres d'Hélène, avec celles de ma
mère et de ma tante, faisaient sans doute toute ma
joie, mais c'étaient là de ces joies qu'on arrose bien
souvent de larmes. Sans doute encore nous nous

retrouvions aux vacances, et, une fois en présence, tout reprenait son cours ; la conversation de l'année passée, malgré ses dix mois d'interruption, continuait comme si rien ne l'avait coupée. Mais que cela passe vite, les vacances ! Ces longues séparations eurent pour résultat qu'à chacun de mes retours je remarquai, plus que je ne le faisais quand je la voyais tous les jours, que ma petite amie grandissait trop vite, plus vite que moi, et qu'elle avait successivement douze ans, treize ans, quatorze ans, sans que je pusse la rattraper jamais ; d'année en année, je la voyais plus en avance, au contraire, et je me sentais, non sans dépit, plus en retard, relativement à elle. Quand Hélène eut quinze ans, bien que, d'elle à moi, rien n'eût changé, je fus très étonné de l'entendre appeler « mademoiselle » par les grandes personnes, tandis qu'encore et toujours les mêmes personnes me traitaient, sinon en petit garçon, du moins en écolier. Mais je n'étais pas dans l'âge où l'on doute de l'avenir ; je vivais tranquille dans mon rêve ! Le réveil n'en fut que plus dur.

« Une lettre de ma mère me tira brusquement, un matin, de mon songe. Elle m'écrivait qu'Hélène

allant avoir seize ans, sa mère et elle venaient
d'être obligées, par suite d'arrangements de famille
qu'il avait fallu accepter subitement, de quitter la
ville et de s'embarquer pour la Martinique; elles
allaient y retrouver une vieille tante qui réclamait
leurs soins. La mère d'Hélène n'avait que sa pension de veuve de colonel. Cette tante, fort riche,
voyant sa santé s'affaiblir rapidement, voulait dis-
tribuer, avant de mourir, sa fortune entre sa sœur,
sa nièce et un neveu de son mari que celui-ci lui
avait recommandé par testament.

« Ma mère ajoutait qu'elle comptait assez sur mon
cœur et sur ma raison pour être sûre que je serais
heureux du changement qui allait se faire dans la
position jusque-là si précaire d'Hélène.

« Un mot d'Hélène, joint à la lettre de ma mère,
me disait qu'elle ne pouvait se faire à l'idée de voir
nos deux familles séparées, qu'elle ne nous oublie-
rait jamais, et qu'elle ne se consolait que par la
pensée de nous revoir un jour.

« Un jour? Mais quand? Jamais, peut-être!
Quelque chose se déchira en moi à la lecture de
cette lettre. Hélène était partie, partie sans qu'on
lui laissât le temps de me dire adieu, elle était

perdue pour moi. Je le sentais, je me le disais, et cependant je n'y croyais pas.

« Une année ne s'était pas écoulée, et les plus tristes de mes pressentiments se trouvèrent tout à coup, je ne dis pas seulement confirmés, mais dépassés.

« Je vis un matin ma tante arriver à Paris. Un tel déplacement était si peu dans ses habitudes et dans sa situation, qu'à sa vue je fus pris d'un tremblement nerveux. J'avais reçu la veille une lettre de mon père, ce n'était pas pour lui que je pouvais craindre.

« — Ma mère !... m'écriai-je.

« — Ta mère est souffrante, me répondit-elle, mais pas de façon à nous inquiéter. Ce n'est pas d'elle que je viens te parler.

« — C'est d'Hélène, alors ? » dis je ; et j'ajoutai, avec un calme qui l'effraya : « Hélène est morte, alors !

« — Non, non, mon pauvre enfant, me dit-elle, elle n'est pas morte ; » et, m'entourant de ses bras, me serrant sur son cœur, elle m'apprit que la dernière lettre de la mère d'Hélène venait de leur annoncer que, cédant à la volonté de sa tante, et

pour éviter un partage de biens extrêmement oné-
reux et d'ailleurs difficile, Hélène avait dû épouser
le neveu du mari de cette tante.

« Deux lignes d'Hélène étaient jointes pour moi
à cette lettre : elle m'appelait son frère...

XI

« Hélène mariée ! ma femme mariée ! c'était impossible ; et cependant, puisque ma tante le disait,
c'était vrai. J'avais pensé à tout, excepté à cela...
Je tombai à la renverse devant cette nouvelle
foudroyante ; la terre me manquait sous les pieds,
l'univers était vide. Était-il au monde un être plus
infortuné que moi ?

« J'avais seize ans, je venais d'entrer en rhétorique ;
déjà homme par quelques côtés, et encore enfant
par beaucoup d'autres, mes idées participaient de
l'incohérence et de l'antagonisme de ces deux
termes. Qu'Hélène ne m'eût pas attendu, cela bouleversait toutes mes notions sur le juste et l'injuste.
Si je n'avais été qu'en seconde, avec deux ans de
collège encore à faire, deux ans vus de si loin, vus

de la Martinique, cela aurait pu paraître long à
Hélène. Mais non, dans sept mois j'aurais été libre !
Quand on a terminé ses classes, on est grand, on
est un homme, on peut se marier, si les parents y
consentent. Depuis toujours, les nôtres y avaient
consenti, et c'était d'un autre qu'on m'assurait
qu'Hélène était la femme ! C'était à devenir fou.
Avant tout, mon malheur me paraissait incompré-
hensible et de ceux que la justice de Dieu devrait
épargner à qui n'a jamais fait de mal à personne.
Toutefois, mon chagrin fut tout autre que celui que
ma tante et ma mère avaient cru avoir à consoler.
Elles s'attendaient à de bruyants désespoirs, de ceux
dont les éclats violents sont bien obligés de se
calmer peu à peu. Elles se trompaient. C'était sur
un enfant que le coup était tombé, mais ce fut dans
le cœur d'un homme qu'il pénétra. Il ne s'agissait
plus ni de gémir ni de pleurer, mais d'être à la
hauteur de mon désastre. Je ne me permis pas une
plainte. Pas un mot de récrimination ne sortit de
mes lèvres contre Hélène ; pour ce qui la regardait,
le pardon était complet, mais mon cœur se ferma à
jamais. Mes pauvres petits seize ans ne se trahirent
que dans une question que j'adressai à ma tante :

26

« — Quel âge a donc celui qu'Hélène épouse ?

« — Trente ans, me répondit ma tante.

« — Le double de mon âge ! Ah ! m'écriai-je, on l'a sacrifiée à un vieillard... »

« Et ce fut tout.

« A partir de ce jour, le nom d'Hélène ne sortit plus de mes lèvres.

« Je priai ma mère, ma tante et mon oncle, de ne plus le prononcer devant moi ; mais, dès lors, ce ne fut plus la peur, le genre de peur d'autrefois, qui était mélangée d'une sorte d'attrait, que me causa la vue d'une femme, ce fut de l'épouvante, et je me fis à moi-même le serment de ne me marier *jamais...* »

Et comme, sur ce mot, le colonel Robert, les yeux tournés vers la femme du général, n'avait pu réprimer un sourire, le général, d'un geste, avait arrêté ce sourire.

« Vous regardez ma chère femme, lui dit-il, mon bon Robert ; vous avez raison, mieux que moi son regard vous apprendra que ce n'est pas par un sourire qu'elle peut répondre au vôtre. »

Nous nous aperçûmes alors que les yeux de la charmante femme étaient pleins de larmes. Mais déjà, d'une voix émue, le général avait repris :

« De seize à quarante-neuf ans, c'est-à-dire pendant trente-trois années, je puis prendre Dieu lui-
même à témoin que je n'eus pas un seul instant la
velléité de manquer à ce serment. Il est plus doux
qu'on ne croit d'être fidèle à sa peine. La blessure
de mon cœur m'était chère, elle resta béante tout
ce temps-là. Je vivais dans l'espoir que rien, dans
ce monde, ne pourrait la guérir, quand, au moment
où je venais d'être nommé général de division à
l'affaire de ***, pendant la guerre de 1871, je reçus
une autre blessure, d'un genre très différent, dont les
conséquences imprévues me démontrèrent que le
sage ne doit jurer de rien.

XII

« Laissé pour mort sur le champ de bataille avec une balle dans la poitrine, et la jambe brisée par un éclat d'obus, le docteur, celui qui est à votre droite. Robert, et qui ne dit rien, découvrit, le lendemain matin, que je n'étais pas aussi mort qu'on l'avait cru la veille. Il me fit porter dans une maison de campagne du voisinage que ses propriétaires avaient mise généreusement à la disposition de nos blessés. J'avais si peu d'envie de survivre aux malheurs de la France et j'y mettais, paraît-il, si peu de bonne volonté, que je fus pendant plus de huit jours à reprendre mes sens et à m'apercevoir que j'étais encore en danger de ressusciter. Je me prêtai donc tout d'abord de très mauvaise grâce aux soins du docteur. Il s'opiniâtrait, lui, à me tirer d'affaire ; je

lui refusais, moi, la satisfaction de m'extraire la balle
qui s'était logée dans ma poitrine. « A quoi bon me
tracasser, lui disais-je ? Je ne retrouverai jamais
l'usage de ma jambe, je ne pourrai plus faire campagne. Je suis seul au monde, il ne me reste plus
un parent pour me pleurer, laissez-moi mourir tranquille, laissez-moi aller retrouver là-haut les chers
êtres qui m'ont aimé constamment ici-bas, mon père,
ma mère, ma tante et mon oncle. »

« C'était pour la cinquième ou sixième fois que
cette discussion reprenait entre l'entêté docteur et
moi, quand, à mon extrême étonnement, le docteur,
à bout d'arguments, s'effaça un beau matin, sans
crier gare, pour faire place, au pied de mon lit, à une
dame *qui voulait me voir* et qui en avait le droit,
ajoutait-il, puisqu'elle était *la maîtresse de la maison.* « Madame, me dit-il, ne veut pas que vous
mouriez chez elle et, comme vous n'en pouvez
sortir que mort ou guéri, elle entend que je vous
guérisse et par conséquent que vous vous laissiez
guérir. »

« Si j'en avais eu la force, j'aurais avec joie
assommé le docteur pour son idée de me mettre,
moi, en face d'une femme dans un moment pareil ;

je levai, non sans humeur, les yeux sur la personne
que le docteur me présentait... et je me laissai
extraire ma balle et charcuter la jambe, autant que
le docteur voulut.

« Cette dame, mes amis, à laquelle j'étais si peu
disposé à faire bon accueil, c'était celle qui a présidé votre dîner aujourd'hui ; et si vous voulez bien
me le permettre, je pousserai l'indiscrétion jusqu'au
bout en vous disant que, de son nom de baptême,
elle s'appelle et s'est toujours appelée Hélène.

— Hélène ! s'écria le terrible Robert, mais alors...

— Eh bien, oui, alors ! dit le général de son meilleur rire, si vous jugez, messieurs, que, devenue
veuve, Hélène me devait une revanche, vous ne lui
ferez pas de querelle de me l'avoir donnée, cette
revanche, dans un moment où aucune autre, à coup
sûr, n'eût été tentée de me l'offrir.

— Car il a fallu la lui offrir, dit l'aimable femme
en s'approchant du général, attendu... attendu que
ce « brave » n'aurait jamais osé la demander...

— Quand je pense, dit Robert en s'inclinant res-
pectueusement devant « notre générale, » que j'ai
naïvement souffert pour vous pendant tout ce récit
en me disant que, tout de même, notre ami avait

XXII

CETTE DAME A LAQUELLE J'ÉTAIS SI PEU DISPOSÉ
A FAIRE BON ACCUEIL...

une étrange idée de nous raconter devant vous l'histoire de cette délicieuse petite Hélène. Ai-je été
bête de ne pas soupçonner qu'elle et vous ne pou-
viez faire deux, et que le récit de son premier
mariage était en même temps le récit du second ! »

La vérité est que personne parmi nous, à l'exception du docteur, qui était dans le secret, n'avait
prévu cet heureux dénouement.

TABLE DES MATIÈRES

Paris. — Typ. Georges Chamerot, 19, rue des Saints-Pères. — 16449.

Magasin d'Éducation & de Récréation

Les tomes XXV à XL renferment comme œuvres principales :

JULES VERNE : L'Étoile du Sud, — Kéraban-le-Têtu, — L'École des Robinsons, — La Jangada, — La Maison à vapeur, — Les Cinq cents millions de la Bégum, *dessins de* BENETT, — Hector Servadac, *dessins de* P. PHILIPPOTEAUX. — P.-J. STAHL : Maroussia, *dessins de* TH. SCHULER; — Les Quatre Filles du docteur Marsch, *dessins d'*ADRIEN MARIE; — Jack et Jane, *dessins de* GEOFFROY; — Le Paradis de M. Toto, — La Première cause de l'avocat Juliette, *dessins de* J. GEOFFROY; — Un Pot de crème pour deux, — Les Groseilles pas mûres, — Les Enfants de Cora, *dessins de* L. FRŒLICH. — LUCIEN BIART : Monsieur Pinson, *dessins de* B. MEYER; — Aventures de deux enfants dans un parc, *dessins de* L. FRŒLICH. — E. LEGOUVE, *de l'Académie :* Le Sommeil, — Bonne âme, belle âme, grande âme, — Leçons de lecture, etc. — VICTOR DE LAPRADE, *de l'Académie :* Petits Ingrats, — Le Petit Soldat, — Soyez des hommes, — Travaillons, etc. — A. DEQUET : Mon Oncle et ma Tante, *dessins de* J. GEOFFROY. — E. EGGER, *de l'Institut :* Histoire du Livre. — J. MACE : La France avant les Francs, *dessins de* F. PHILIPPOTEAUX. — CH. DICKENS : L'Embranchement de Mugby, *dessins de* AUFRAY. — ANDRÉ LAURIE : Une année de collège à Paris, *dessins de* GEOFFROY; — Scènes de la vie de collège en Angleterre, *dessins de* PHILIPPOTEAUX; — Mémoires d'un collégien, *dessins de* GEOFFROY. — L'héritier de Robinson, *dessins de* BENETT. — P. CHAZEL : Riquette, *dessins de* LIX. — Dʳ CANDEZE : La Gileppe, — Aventures d'un grillon, *dessins de* C. RENARD. — C. LEMONNIER : Bébés et Joujoux, *dessins de* BECKER *et* J. GEOFFROY. — HENRY FAUQUEZ : Souvenirs d'une pensionnaire, *dessins de* J. GEOFFROY. — J. LERMONT : L'Oiseau de Tilly. — La Maison de Nanny, etc., *dessins de* J. GEOFFROY. — F. DUPIN DE SAINT-ANDRE : Histoire d'une bande de canards, — La Vieille Casquette, *dessins de* J. GEOFFROY. — TH. BENTZON : La Petite Ramasseuse de cendres , — Un Conte d'hiver en Alsace, — Le Petit Violon, Une Famille de Chats, etc., *dessins de* J. GEOFFROY. — BENEDICT : Le Mouche de Tony, — Le Noël des petits Ramoneurs, etc. — A. GENIN : Marco et Tonino, *dessins de* BELLANGER; — Histoire de Deux pigeons de Saint-Marc, *dessins d'*ADRIEN MARIE. — F. DIENY : La Patrie avant tout, *dessins de* BENETT. — M. CRETIN : Le Livre de Trotty, *dessins de* GEOFFROY. — G. NICOLE : La Sakieh, — Le Chibouk du Pacha, etc., etc., *dessins de* RIOU. — CENNEVRAYE : Théâtre de famille, *comédies*, La petite Louisette. — BERTIN : Voyage au pays des défauts. — B. VADIER : L'Ermite de dix ans. — L. A. REY : Les travailleurs microscopiques, etc.

Les Tomes I à XXIV renferment comme œuvres principales :

L'Ile mystérieuse, Les Aventures du Capitaine Hatteras, Les Enfants du Capitaine Grant, Vingt mille lieues sous les mers, Aventures de trois Russes et de trois Anglais, Le Pays des Fourrures, Michel Strogoff, de JULES VERNE. — La Morale familière (cinquante contes et récits), Les Contes Anglais, La famille Chester, Histoire d'un Ane et de deux jeunes Filles, La Matinée de Lucile, Le Chemin glissant, Une Affaire difficile, L'Odyssée de Pataud et de son chien Fricot, de P.-J. STAHL. — La Roche aux Mouettes, de Jules SANDEAU. — Le nouveau Robinson suisse, de STAHL et MULLER. — Romain Kalbris, d'Hector MALOT. — Histoire d'une maison, de VIOLLET-LE-DUC. — Les Serviteurs de l'Estomac, Le Géant d'Alsace, L'Anniversaire de Waterloo, Le Gulf-Stream, La Grammaire de mademoiselle Lili, Un Robinson fait au collège, de Jean MACE. — Le Denier de la France, La Chasse, Le Travail et la Douleur, A Madame la Reine, Un Premier Symptôme, Sur la politesse, Lettre de mademoiselle Lili, Un Péché véniel, Diplomatie de deux mamans, etc., de E. LEGOUVE. — Petit Enfant, Petit Oiseau, L'Absent, Rendez-vous, La France, La Sœur ainée, L'Enfant grondé, etc., par Victor DE LAPRADE. — La Jeunesse des Hommes célèbres. de MULLER. — Aventures d'un jeune Naturaliste, Entre Frères et Sœurs, de Lucien BIART. — Le Petit Roi, de S. BLANDY. — L'Ami Kips, de G. ASTON. — Causeries d'Economie pratique, de Maurice BLOCH. — La Justice des choses, de Lucie B***. — Les Vilaines Bêtes, de BENEDICT. — Vieux Souvenirs, Départ pour la Campagne, Bébé aime le rouge, de Gustave DROZ. — Le Pacha berger, de LABOULAYE. — La Musique au foyer, de P. LACOME. — Histoire d'un Aquarium, Les Clients d'un vieux Poirier, de E. VAN BRUYSSEL. — Histoire de Bébelle, Une Lettre inédite, Septante fois sept, de DICKENS. — Les Lunettes du vieux Curé, Pâquerette, Le Taciturne, etc., de H. FAUQUEZ. — Le Petit Tailleur, de A. GENIN. — Curiosités de la vie des Animaux, par P.-H. NOTH. — Notre vieille Maison, de B. HAVARD. — Le Chalet des Sapins, par Prosper CHAZEL, etc., etc. — Les Deux Tomes, Ce qu'on faisait à un bébé quand il tombait, par F. DUPIN DE SAINT-ANDRE.

Les petites Sœurs et les petites Mamans, Les Tragédies enfantines, Les Scènes familières, et autres séries de dessins par FRŒLICH, FROMENT, DETAILLE, textes de P.-J. STAHL.

N. B. — La plus grande partie de ces livres ont été couronnés par l'Académie française.
CHAQUE VOLUME SE VEND SÉPARÉMENT
Prix : broché, 7 fr ; toile, tranches dorées, 10 fr.; relié, tranches dorées, 12 fr.

LES NOUVEAUTÉS POUR 1884-1885 SONT INDIQUÉES PAR UNE †
Les ouvrages précédés de deux palmes ❧ ont été couronnés par l'Académie

Albums Stahl illustrés in-8° (1er âge)

FROELICH

† La journée de M. Jujules.
L'A perdu de Mlle Babet.
Alphabet de Mlle Lili.
Arithmétique de Mlle Lili.
Bonsoir, petit père.
Cerf-Agile, histoire d'un jeune sauvage.
Commandements du Grand-Papa.
La Fête de Mlle Lili.—Journée de Mlle Lili.
Grammaire de Mlle Lili. (J. Macé.)
Le Jardin de M. Jujules.
Lili aux Eaux. — Les Caprices de Manette.
Les Jumeaux.

Un drôle de Chien.
La fête à Papa.
Mademoiselle Lili à la campagne.
Monsieur Toc-Toc.
Le 1er Chien et le 1er Pantalon.
L'Ours de Sibérie. — Le petit Diable.
1er Cheval et 1re Voiture.
Premières armes de Mlle Lili.
La Salade de la grande Jeanne.
La Crème au chocolat.
M. Jujules à l'école.

L. BECKER.	L'Alphabet des Oiseaux.
. . . .	L'Alphabet des Insectes.
COINCHON (A.)	Histoire d'une Mère.
DETAILLE	Les bonnes Idées de mademoiselle Rose.
. . . .	† Le docteur Bilboquet.
FATH	Gribouille. — Jocrisse et sa Sœur.
—	Les Méfaits de Polichinelle. — Pierrot à l'École.
. . . .	La Famille Gringalet.—Une folle soirée chez Paillasse
FROMENT.	La Boîte au lait. — Histoire d'un pain rond.
. . . .	La Petite Devineresse. — Le petit Escamoteur.
GEOFFROY	Le Paradis de M. Toto.—1re cause de l'avocat Juliette.
JUNDT	L'École Buissonnière.
LALAUZE	Le Rosier du petit frère.
LAMBERT.	Chiens et Chats.
LANÇON.	Caporal, le chien du régiment.
MARIE (A.)	Le petit Tyran.
MATTHIS	Les deux Sœurs.
MEAULLE	Petits Robinsons de Fontainebleau.
PIRODON	Histoire d'un Perroquet. — Histoire de Bob aîné.
. . . .	La Pie de Marguerite.
SCHULER (TH.).	Les Travaux d'Alsa.
VALTON	Mon petit Frère.

Albums Stahl illustrés grand in-8°

FROELICH

Mlle Mouvette.
M. Jujules et sa Sœur Marie.
Petites Sœurs et petites Mamans.

Voyage de Mlle Lili autour du Monde.
Voyage de découvertes de Mlle Lili.
La Révolte punie.

CHAM.	Odyssée de Pataud.
FROMENT.	La belle petite princesse Ilsée. — La Chasse au volant.
GRISET (E.)	Aventures de trois vieux Marins. — Pierre le Cruel.
SCHULER (T.).	Le premier Livre des petits enfants.
VAN BRUYSSEL.	Histoire d'un Aquarium.

ALBUMS STAHL EN COULEURS IN-4°

TROJELLI . . . . Alphabet musical de Mlle Lili.

L. FROELICH
Chansons & Rondes de l'Enfance

Sur le Pont d'Avignon.
La Boulangère a des écus.
La Mère Michel. — Girofté Girofla.
Il était une Bergère. — M. de la Palisse.
La Tour prends garde.

Au clair de la Lune. — Cadet-Roussel.
Le bon roi Dagobert. — Compère Guilleri.
Malbrough s'en va-t-en guerre.
La Marmotte en vie.
Nous n'irons plus au bois.

L. FROELICH

La Bride sur le cou. — M. César.
Le Cirque à la maison. — Mlle Furet.
Moulin à paroles. — Pommier de Robert.

Jean le Hargneux (16 planches).
Hector le Fanfaron.
La revanche de François.

COURBE	L'Anniversaire de Lucy.
G. FATH	† Une drôle d'École.
GEOFFROY	Monsieur de Crac. — Don Quichotte. — Gulliver.
DE LUCHT	La Leçon d'Équitation. — La Pêche au Tigre.
MATTHIS	Métamorphoses du Papillon.
MARIE	Mademoiselle Suzon.
TINANT	Une Chasse extraordinaire. — Les Pêcheurs ennemis.
—	La Guerre sur les Toits.
—	† La Revanche de Cassandre.

JULES VERNE

VOYAGES EXTRAORDINAIRES

ALDRICH, † Un Écolier américain.

AMPÈRE, Journal et Correspondance, 3 vol.

ANDERSEN, Nouveaux Contes.

ASTON (G.), L'Ami Kips.

B*** (LUCIE), Une Maman qui re pas. — Aventures d'Édouard et Justice des ces.

BENTZON, Yette.

BERTRAND (A.), Les fondateurs de l'Astronomie.

BIART (L.), Aventures d'un jeune Naturaliste. — Entre Frères et Sœurs. — Monsieur Pinson. — La Frontière indienne. — Le Secret de José. — † Lucia Avila.

BLANDY (S.), Le Petit Roi.

BOISSONNAS, ❀ Une Famille pendant la guerre de 1870-71.

BRACHET (A.), ❀ Grammaire historique.

BRÉHAT (DE), Aventures de Charlot. — Aventures d'un petit Parisien.

CANDÈZE (Dr), Aventures d'un Grillon. — La Gileppe.

CARLEN, Un brillant Mariage.

CHAZEL (P.), Le Chalet des Sapins.

CHERVILLE (DE), Histoire d'un trop bon Chien.

CLÉMENT (CH.), Michel-Ange, etc.

DEQUET, Histoire de mon Oncle.

DESNOYERS (L.), Aventures de Jean-Paul Choppart.

DURAND (HIP.), Les Grands Prosateurs. — Les Grands Poètes.

EGGER, Histoire du Livre.

ERCKMANN-CHATRIAN, L'Invasion. — Madame Thérèse. — Les deux Frères.

FATH (G.), Un drôle de voyage.

FOUCOU, Histoire du travail.

GÉNIN, La Famille Martin.

GENNEVRAYE, Théâtre de Famille.

GRAMONT (COMTE DE), ❀ Les Vers français et leur Prosodie.

GRATIOLET (P.), De la Physionomie.

GRIMARD, Histoire d'une Goutte de Sève. — Jardin d'Acclimatation.

HIPPEAU, Cours d'Économie domestique.

HUGO (VICTOR), Les Enfants.

IMMERMANN, La Blonde Lisbeth.

LAPRADE (V. DE), Le Livre d'un père.

LAVALLÉE (TH.), Histoire de la Turquie (2 volumes).

LAURIE ANDRÉ, La Vie de collège en Angleterre. — † Mémoires d'un Collégien.

LEGOUVÉ (E.), Les Pères et les Enfants (2 volumes). — Conférences parisiennes. — Nos Filles et nos Fils. — L'Art de la Lecture. — La Lecture en Action.

LOCKROY (Mme), Contes à mes nièces.

MACAULAY, Histoire et Critique.

MACÉ (JEAN), Contes du Petit-Château. — Arithmétique du Grand-Papa. — Histoire d'une Bouchée de Pain. — Les Serviteurs de l'Estomac.

MAURY, Géographie physique. — Le Monde où nous vivons.

MULLER, Jeunesse des hommes célèbres. — Morale en actions par l'histoire.

NOEL (E.), La Vie des fleurs.

ORDINAIRE, Dictionnaire de Mythologie. — Rhétorique nouvelle.

RATISBONNE, ❀ Comédie enfantine.

RECLUS, Histoire d'un Ruisseau. — Histoire d'une Montagne.

RENARD, Le fond de la Mer.

ROULIN (F.), Histoire naturelle.

SANDEAU (J.), La Roche aux Mouettes.

SAYOUS, Conseils à une Mère. — Principes de Littérature.

SIMONIN, Histoire de la Terre.

STAHL (P.-J.), ❀ Contes et Récits de Morale familière. — ❀ L'Histoire d'un Âne et de deux Jeunes Filles. — La Famille Chester. — Les Histoires de mon parrain. — ❀ Les Patins d'argent. — Mon premier voyage en mer (adaptation). — ❀ Maroussia. — Les quatre Filles du docteur Marsch. — Les Quatre Peurs de notre général.

STAHL ET MULLER, Le Nouveau Robinson suisse.

STAHL ET DE WAILLY, Scènes de la vie des Enfants en Amérique. — Les Vacances de Riquet et de Madeleine. — Mary Bell, William et Lafoine.

SUSANE (GÉNÉRAL), Histoire de la Cavalerie (3 vol.).

THIERS, Histoire de Law.

VALLERY-RADOT, ❀ Journal d'un Volontaire d'un an.

VERNE (JULES), Autour de la Lune. — † L'Archipel en feu. — Aventures de trois Russes et de trois Anglais. — Les Anglais au pôle Nord. — Un Capitaine de 15 ans (2 vol.). — Le Chancellor. — Cinq Semaines en ballon. — Les Cinq cents millions de la Bégum. — † L'Étoile du sud. — Le Désert de glace. — Le Docteur Ox. — Les Enfants du Capitaine Grant (3 vol.). — Hector Servadac (2 vol.). — La Jangada (2 vol.). — Kéraban-le-Têtu (2 vol.). — L'Ile mystérieuse (3 vol.). — La Maison à vapeur (2 vol.). — Les Indes-Noires. — Michel Strogoff (2 vol.). — Le Pays des Fourrures (2 vol.). — De la Terre à la Lune. — Le Tour du monde en 80 jours. — Les Tribulations d'un Chinois en Chine. — Une Ville flottante. — Vingt mille lieues sous les Mers (2 vol.) — L'École des Robinsons. — Le Rayon-Vert. — Voyage au centre de la Terre. Découverte de la Terre (2 vol.). Les Grands Navigateurs du XVIIIe siècle (2 vol.). Les Voyageurs du XIXe siècle (2 vol.).

❀ Voyages extraordinaires

ZURCHER ET MARGOLLÉ, Les Tempêtes. — Histoire de la Navigation. — Le Monde sous-marin.

PRIX DIVERS

BRACHET (A.) . . . . ❀ Dictionnaire étymologique de la langue française.
CLAVÉ . . . . Principes d'économie politique.
GRIMARD . . . . La Botanique à la campagne.
MACÉ (JEAN) . . . . Théâtre du Petit-Château.
SOUVIRON . . . . Dictionnaire des termes techniques.